4
神は遊戯に飢えている。
Game
The Ultimate game-battles of a boy and the gods
JN082155

「……んんっ。人間ちゃん。
なかなか大胆なことするね？」
恥じらいがちな声が聞こえた気がする。

PROFILE
ウロボロス
無敗が大好きな規格外の神。
フェイに興味を持ち人間風
の姿に。

レーシェ様の水浴び……？

『体力（スタミナ）システムによって、
神呪（アライズ）で跳ね返せるゴッドブレスは一発きりだ。
さあ全滅せぬよう逃げ惑うがいい。
その間に、余は
必殺必滅の奥義「ゴッドイレイザー」を詠唱する。
七十秒後の詠唱の後にお前たちは全滅だ！』
PROFILE
フェイ
人類最高のホープといわれるゲーム大好き少年。

God's Game We Play

The Ultimate game-battles of a boy and the gods

4

神は遊戯（ゲーム）に飢えている。4

細音 啓

MF文庫J

Character

《登場人物》

God's Game We Play

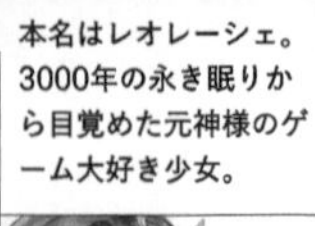

レーシェ

本名はレオレーシェ。3000年の永き眠りから目覚めた元神様のゲーム大好き少女。

フェイ

近年最高のルーキーと称される期待の使徒。レーシェ＆パールと新チームを結成する。

ネル

マル＝ラ出身。一度は引退していたが、賭け神との戦いを経てフェイのチームに加入。

パール

転移の能力を持つ使徒。全自動思い込みガールと呼ばれるほどの破壊力のある性格。

Chapter

Prologue ただいまは突然に

God's Game We Play

〝この神の迷宮（ダンジョン）は、クリアするまで現実世界に一生帰れません〟

〝ちなみに攻略者は過去０人です〟


もしも、この世界にそんな遊戯があったとしたら？

参加希望者などいるわけない。

迷宮を彷徨（さまよ）い続けて一生抜けだせない。罠（わな）にはまってもモンスターに襲われても、都度、無限に再開始（リスポーン）させられる。

人間の心をへし折るためだけに作られたかのような極悪のゲーム設計（デザイン）だ。

そして極めつきに――

この迷宮ゲームは、世界規模での強制参加だった。


「……あー。気分が悪い」

神秘法院ルイン支部。

その執務室でソファーに座し、事務長ミランダはぼんやりと天井を見上げていた。

胃の中で胃酸が過剰分泌されている。ストレスで。横になって休もうとしても脳が醒めているせいでちっとも眠くない。

胸焼けがする。

「全十八都市。帰還困難者が二百九人。その救出のために組んだチーム第一陣が突入して、もう丸三日。八十時間以上………」

救出チームは選りすぐりの精鋭たちだ。

いずれも各都市を代表する新進気鋭の使徒で構成されている。それなのに。

「――――」

その救出チームまでもが消息を絶った。

使徒は神眼レンズと呼ばれる特殊な撮影機器を装着し、『神々の遊び』にダイヴする。

これによって霊的上位世界のゲーム映像が送られてくるのだが、今回、ゲーム開始早々にプレイヤー側の神眼レンズがモンスターに破壊されたのだ。

「……ゲーム映像が一切届かない。いまどんな状況かもわからない」

それから八十時間。

ミランダは今も帰還を待ち続けている。

「……フェイ君さ。割と本気で、君のことは信じて送りだしたつもりなんだけどね」

ルイン支部にはフェイがいる。

神々の遊びでいまだ無敗の、過去最高とも謳われる新入りだ。

「君がいてレオレーシェ様がいる。それで攻略できないゲームがあるなんて信じたくないよ。そんなの人類みんなお手上げだ」

救出チームは精鋭を集めに集めた。

それでも未帰還者を救出できないというのなら、神秘法院の信用は地に堕ちるだろう。

神々の遊びはお終い だ。

「あと何百時間待てばいい？　何十時間だったら嬉しいけど何千時間はちと苦しい。何万時間となるとさすがの私もこの美貌を保っていられるかどうか——」

トン。

廊下から扉がノックされたのは、その時だった。

「なんだい？　午後三時までは副事務長に任せて、私は仮眠だって言ったじゃないか」

「俺です」

馴染みのある声が。

「フェイです。事務長がここで寝てるって聞いて」

「ああ、なんだフェイ君か。悪いけど私はフェイ君たちの帰還を待ち疲れててね。仮眠が終わったら来ておくれ」

「いや帰ってきましたが」

「私は忙しいし疲れてるんだよ。フェイ君たちが帰ってこないせいで——……ってフェイ君!?」

跳ね起きた。

数日の徹夜でなかば朦朧として頭を必死に覚醒させ、扉に走り寄る。扉を開けたそこには、なんとも飄々とした黒髪の少年が立っていた。

「あ、どうもですミランダ事務長」

「……ちょっと待って」

ゴシゴシと目をこする。

目の霞みや幻覚じゃない。間違いなくフェイだ。帰還困難者たちを救出するために迷宮ゲームに身を投じた彼が目の前に立っている。

「……帰ってきたのかい？」

「ええ。アシュラン隊長とかも一緒に帰ってますよ。みんな地下一階のダイヴセンターにいるので、まずは事務長を呼んでこようって」

「っ！　救出できたんだね！」

思わず天を仰いで溜息。

よかった。全身から緊張が抜けて、危うく膝から崩れそうになる。

「ああ良かった。いろいろ言いたいことはあるけど、とにかくお帰り」

「はい。じゃあ俺らは用事があるので」

「……用事？」

「もちろんダイヴです」

フェイがくるりと踵(きびす)を返した。

「もう一回あの迷宮に行ってきます。またしばらく留守にするかも」

「待てぇぇぇぇぇぇっっっっっっ!?」

背中に飛びついて羽交い締め。

「フェイ君さ、そこは説明が先じゃないかなぁ!?」

Chapter

Player.1　再突入

1

舞台は、半時間ほど前に遡る――


神秘法院ルイン支部、地下ダイヴセンター。

そこに設置された四体の巨神像は、ダイヴ禁止を意味するバリケードに囲まれていた。

いま、世界中の巨神像が一つの遊戯に繋がっている。

現実帰還不可能の迷宮ゲームだ。


「…………」


立っているのは数人の事務員と、帰還困難者となった使徒たちを待つ仲間たち。しかし誰一人として口を開かない。

当然だ。救出チームがダイヴして既に八十時間。

帰還を願う仲間たちも待ち疲れ、顔には焦燥が滲み始めている。

未帰還者はいつ帰ってくるのだろうか。ある者は壁に寄りかかり、ある者は床に座りこんでじっと目を閉じて――

竜を模した巨神像の口が、大きく開いた。


「えっ⁉」

「何だ⁉　巨神像が……！」

どよめくホール。

そこにいた者たちが一斉に身を起こし、瞬きも惜しんで巨神像を見つめて――そこから、金髪の少女が飛びだした。

「戻ってきましたぁぁぁぁぁぁぁぁっっっっ！…………あいたっ⁉」

宙高くに飛び上がった少女が、着地しざまに足を滑らせて尻餅。

その隣に、続けて黒髪の少女が着地した。

「無事かパール？」

「……うぅ……はいネルさん。お尻以外は無事ですぅ……」

二人の少女。

それが迷宮に派遣された救出チームの顔ぶれであることに気づいて、ホールに集まっていた使徒たちが一斉に顔を明るくした。

まさか。

「っしゃあああ！　ようやく帰還だぜ、お前ら待たせたな！」

「アシュラン隊長⁉」

巨神像から飛びだした男に、待機していた部下たちが歓喜の声を上げた。

チーム『猛火（ブレイズ）』の隊長アシュランが戻ってきた。それに続いて総勢十一人の部下たちが次々と巨神像から飛び出してくる。

「隊長⁉　みんな……！」

「よく無事で！」

そこに駆け寄るチームのサポートスタッフたち。帰還困難者となった仲間を待ち続けた彼らが思い思いに歓声を上げる。

その後方で——

「あら？　無事に脱出できたのね」

炎燈色（ヴァーミリオン）の髪をした少女がホールに着地した。

竜神レオレーシェ——神秘的な琥珀色（こはくいろ）の瞳をした美少女で、何を隠そう霊的上位世界から降りてきた本物の元神さまである。

「フェイ、こっちこっち！」

「……っと。みんな戻ってこれたか？」

レーシェが手招きする前で、フェイもまた巨神像から飛び出した。ホールを見回して、改めて帰還者たちの数を確認。

「ええとアシュラン隊長のチームが十二人。で、俺らがレーシェとネルとパールの四人で。合わせて十六人が帰還？……あれ、確かもう一人いたような」

「我だよ！」

ポンと。

巨神像から、銀髪をなびかせた少女が飛び出した。

宝石のように煌めく赤い瞳を爛々と輝かせ、空中で軽やかに一回転。そこから猫のような身軽さでストンと着地した。

・・・・・・・・アシュラン隊長の頭上に。

「ふぎゃっ⁉」

「我、帰還！」

踏み潰されて倒れるアシュラン隊長。

その背中の上で、銀髪の少女がなんとも自信たっぷりに胸を張る。

超がつくほど愛くるしい容姿だが、その服装は独特だ。これでもかと目立つチョーカーやイヤリングに、丈が合っていないだぶだぶのパーカー。

極めつきは、ド派手な字体で「無敗」と書かれたシャツである。

「無敗の我を忘れちゃ困るよ人間ちゃん！」

「……わかったけど、お前がアシュラン隊長を踏んでるのも忘れないでやってくれ」

「ん？　おおっ？　なんか踏んづけてる？」

アシュラン隊長の背中から少女が飛び降りる。

その途端、ダイヴセンターの面々が一斉にどよめいた。なにしろ彼らは、八十時間前に目撃しているのだ。

この銀髪の少女が、巨神像の扉を力ずくでこじ開けてしまう瞬間を。


〝我、無敗だが、何か？〟


完全なる神の御業(みわざ)だ。

それもそのはず。この少女の正体は人間ではない。世界三大不可能と畏れられた無限神ウロボロスである。

「ええとミランダ事務長は……あれ、いない？　ああ執務室か」

事務長がホールに見当たらず、フェイはこの場のレーシェとネルとパール、そしてウロボロスに目配せした。

「報告に行くか。俺たちひとまず帰還できたって」

2

そして再び執務室――
「というわけでわたしたち再突入するわ！」

「というわけでの説明が飛躍ではレオレーシェ様!?……いやはや」

ミランダ事務長が椅子に座って溜息(ためいき)。

眼鏡(めがね)を外して、深い隈(くま)が刻まれた目元を何度もこすってみせる。

「お話は伺いました……迷宮で大敵(レイドボス)を倒したらセーブアイテムが出てきたと。ここまでの攻略をセーブして戻って来れたのですね」

「大敵(レイドボス)は『眠れる獅子(しし)』よ」

「ああそうでした。……ですが解決できてない問題が二つあると」

ミランダ事務長が眼鏡を再び装着。

正面のソファーに座るレーシェから、その隣の自分(フェイ)へ。

「フェイ君にも聞くけどさ。君らが救出したのはアシュラン隊長たち『猛火(ブレイズ)』の十二人。残る百九十七人はまだ迷宮に残ったままだね?」

「ええ。それが一つ目の問題です」

自分(フェイ)たちが探索できたエリアはごく一部。

あの広大な迷宮のいたるところに未帰還者が散らばっているはず。

「俺たち以外の救出チームは?」

「まだだよ。他の救出チームはまだ迷宮内。ミイラ取りがミイラになってる可能性もある。ただ、こうしてフェイ君たちが帰還できたことは大きな前進だね」

少なくとも帰還不可能ではないと証明された。

時間さえかければ他の救出チームも帰還できる可能性は大いにある。

ただし——

「セーブしちゃったのがヤバいんだっけ？」

「そうです。この遊戯(ダンジョン)は降参を許さない」

自分(フェイ)たちはこうして帰還できた。

ただしセーブアイテムによる一時的な脱出であって、この迷宮を完全攻略しないかぎり他の遊戯に挑戦できない。

「俺らが次に巨神像にダイヴした瞬間から迷宮ゲームの続きが始まる。他のゲームを選ぶことはできないんです」

「……セーブってのは救済じゃなくて一時しのぎってことね」

ミランダ事務長がやれやれと腕組み。

「フェイ君、いま『神々の遊び』で何勝だっけ？」

「公式は六勝。実際は三勝です」

「そそ。公式の数字もうっかり忘れないようにしておいて」

頷(うなず)く事務長。

もちろんこの念押しには意味がある。フェイの戦績は直前まで六勝〇敗。だがネルの再起(カムバック)のために自らの三勝を犠牲にして三勝〇敗に落ちてしまった。

ただし——

史上最高の新入り(ルーキー)との呼び声も高い者が「三勝」というあまりに大きい勝ち星を失ったことは、世界に公表するにはあまりに衝撃(ショック)が強すぎる。

・・・隠し通せ。

それがミランダ事務長の極秘の命令だ。

三勝を失ったことを隠したまま連勝して再び六勝〇敗になればいい。もちろんそれが恐ろしく難題であることは覚悟の上で。

「前人未到の十勝まであと七つ。だいぶ遠のいたけどね」

事務長が天井を見上げた。

「フェイ君には勝ち星を稼いでもらわなきゃ困る……で。あと七勝しようにも迷宮ゲームを途中セーブしちゃったことで、迷宮を攻略するまで他のゲームに手が出せない」

「ええ。だから再突入は必要かなって」

ソファーに腰掛けたままフェイは頷(うなず)いた。

その視線の下で、未帰還者の名が記されたリストを握りしめて。

「帰ってきてないプレイヤーもまだ残ってる。どうあっても再突入は必要です。ただ、解決しなきゃいけない二番目の問題がある」

攻略不可能。

・・・・・・・・・・・・・・・

あの迷宮にはストーリーが進まないバグがある。

昔昔あるところに、迷路作りに熱心な神さまがいました。

神さまは、迷路の一番奥で人間が来るのをワクワクして待っていました。

……が、誰も迷路を攻略してくれず、神さまは退屈のあまり死んでしまいました。


ゲーム内の迷宮神話だ。

端子精霊はこう言っていた。このゲームの目的は『迷宮の最深部にいるラスボスを撃破すること』だと。

「くつろいでるパール君」

「は!? ひや、ひゃい!?」

のんびりメロンソーダを飲んでいた金髪の少女が、大慌てで姿勢を正す。

「フェイ君はこう言ってるけど。その致命的な欠陥はチーム全員で確認したわけ？」

「……確認はできてないですけど、フェイさんと端子精霊の言ってることを整理すればそうなるんです。『神さまは迷路の一番奥で待って』いて、ラスボスも迷宮の最深部にいる。つまり神さまがラスボス役って推測できるんです」

迷宮の一番奥にいる神。

その神を人間が撃破できれば晴れて迷宮脱出となる。

ただし――

「端子精霊の説明じゃ、その神さまってもう大昔に死んじゃったんだよね？」

「だからヤバいんですよ！」

パールが堪（たま）らず叫んだ。

「クリア条件が『神（ラスボス）を倒すこと』なのに、肝心の神さまが勝手に消滅しちゃったせいで達成不可能になっちゃったんです。迷路の脱出の扉が永遠に開かないんですよ！」

「…………」

事務長が押し黙る。


神（ラスボス）の不在という極悪バグにより、当該ゲームはクリア不可能。


「パール君？　もう一度聞くけど、それ本当？」

「……え、ええとぉ……」

「まだ推測よ」

パールに代わって答えたのはレーシェだった。

こちらは何とも自然体な口ぶりで。

「迷宮の最深部に行かないとわからないわ。たとえば神（ラスボス）が消滅していることが人間側（プレイヤー）の勝利とみなされて、最初から脱出用の扉が開いてる可能性だってあるわ」

「……その可能性に賭けたいですね」

「まあ現実的にそっちは無いわね。期待するだけ無駄よ」

「やっぱり詰みじゃないですか⁉」

はぁ……と。

口から魂が抜け出たような溜息をついて、ミランダ事務長が椅子に寄りかかる。

事実、それだけレーシェの言葉は的を射ているのだ。

神の消滅死＝人間の勝利とみなされるなら、ダンジョン突入時点で「人間の勝利です」と端子精霊から宣言されていただろう。

それが無かった。

つまり神の消滅という想定外のバグが起きたまま迷宮ゲームは続いている。

「……どーすんのフェイ君？　倒さなきゃいけない神が迷宮にいなくなっちゃったって。神がいなきゃ勝利条件を達成できないんだろ？」

「それですが——」

言いかけた矢先。

執務室の扉がミシッ、と強烈な軋み音を上げたのはその時だった。

「我だよ！」

施錠の金具が吹き飛ぶや、扉が強引にスライドしていく。その扉から無敗Tシャツを着た銀髪の少女が飛びこんできた。

「人間ちゃん、無敗の我が遊びに来たよ！」

「あ、ちょうど良いところに来たウロボロス。お前の意見も聞きたくてさ」

迷宮のバグに気づいたのは自分(フェイ)だけではない。

〝このゲーム、ストーリーが進まないバグがあるよね〟

……俺だけじゃないんだ。

……ウロボロスも同じ結論に至ってる。結論自体はまったく嬉(うれ)しくないけどな。

「ウロボロス、あのさ」

「待ちな人間ちゃん。皆まで言わずとも我にはすべてわかってる」

神が自信満々に首をふってみせる。

と思いきや、なぜかぽっと頰(ほお)を赤らめて。

「我と遊びたいんだろ？　いやぁ困っちゃうなあ我。人気者だなぁ」

「え？　いや悪いけどお前と遊ぶ余裕はないぞ」

「まあ我は無敗だしね。人間ちゃんが我に挑戦したい気持ちもわかる。我のゲームはいつだって大人気コンテンツで人間基準で七十八年分の順番待ち中だけど、人間ちゃんだけは特別に遊んであげるのもやぶさかじゃあないよ」

「いやお前のはぶっちゃけ不人気——」

「人間ちゃん！」

有無を言わさず手を掴(つか)まれた。

そう思った時にはもう、フェイの身体は執務室から廊下に放り投げられていた。

「我と水入らずでダイヴセンターに直行！」

「だから話を聞けぇぇぇぇぇっっっ!?」

床を引きずられるフェイの必死の訴えが、廊下にこだました。


連れ去られる彼を見つめて――

「・・・またね」

「・・・またですね」

「・・・また厄介なのが現れたか……」

ソファーに座る少女三人が目をギラつかせていたのを知る者はいなかった。

2

神秘法院ビル、十七階。

このフロアの特別顧問室がレーシェの部屋である。

そこに、神の叫び声がこだました。

「なんでぇぇぇぇぇっっっっっ!?」

ミサイルが炸裂したかのごとき衝撃。

部屋の窓ガラスがひび割れるほどの声量でウロボロスが叫び、その手から、握りしめていたトランプのカードが落ちていく。

「人間ちゃん!?　この我が直々に人間ちゃんを呼びにきたんだよ！　我の霊的上位世界(エレメンツ)に最新のゲームを用意して待ってるんだよ!?」

「いま説明したじゃん」

隣のレーシェからカードを一枚引き抜きつつ――

フェイは、引いてしまったババ(ジョーカー)を自分の手札にさりげなく組み込んだ。

「人間側も大変なんだよ。あの迷宮に閉じこめられてるのが百九十七人。未帰還者のままってわけにはいかないだろ？」

「むぅ……」

あぐら座りのウロボロス。

無敗と書かれたシャツの上に落ちたトランプを拾い直して――

「我のゲームだし絶対面白いよ？」

「いま誘惑されても無理だって。それにお前のゲーム、巨神像にダイヴした先の霊的上位世界(エレメンツ)だろ？」

「もちろん我の霊的上位世界(エレメンツ)でさ！」

銀髪の少女がここぞとばかりに胸を張る。

こんな小柄で愛くるしい姿をしているが、無限神ウロボロスの正体は全長十キロという超超巨大な龍(りゅう)だ。なおフェイたちに敗北した後、悔しさのあまり全長百キロに巨大化したという報告もある。

そんな神が、次にどんな遊戯を用意したのか気になるが……

「俺たち迷宮ゲームを途中セーブしちゃったし。お前のゲームに参加しようとしてもさ、巨神像から繋がってる先は迷宮だろうし」

「甘い！　甘いよ人間ちゃん！」

待ってました。

そう言わんばかりにウロボロスが自らの右目を指さした。

「何の・・・ために・・・我の・・・眼を・・・渡した・・・と・・・思ってる・・・のさ・・・」


〝これあげる。我の眼の欠片〟

〝我の眼の欠片を持っている時に、必ず我を「引く」ことができるのさ〟


そう言われて。

フェイは無言で自分の胸ポケットを探ってみた。

──硬い質感。

フェイがポケットから取りだしたものは、砕けた紅玉を思わせる美しい破片だ。

神の宝冠『ウロボロスの眼』。

神々の遊び場へダイヴする時に、これを持っていれば確実にウロボロスを「引く」ことができる。他の神とは一切遭遇しない。

「あ、そっか。これ持ってダイヴすれば、途中セーブした迷宮ゲームじゃなくお前の方に引き寄せられると。こっちの方が影響力が上ってことか？」

「ふふん、まあね」

満足げに頷くウロボロス。

「正確に言うと影響力は五分だよ。神と神には相性こそあれど序列はない。人間ちゃんが我の眼を持ってたとしても、巨神像にダイヴすれば辿り着くのはたぶん迷宮ゲームだよ。なにせ『ゲーム途中』だからね」

「あれ？　じゃあやっぱりダメなのか？」

「ところがね――」

「後出しじゃんけんの法則。でしょ？」

ウロボロスが口にするより先。

今までババ抜きに集中していたレーシェが、はたと顔を上げたのだ。

「神々の力は上下関係のない『じゃんけん』。ゆえに後出しした者が勝つ。ってことの応用で、迷宮に入ってからその眼を使えばいいんじゃない？」

「あ――っ!?　こら竜ちゃん！　それ我が言おうとしてたのに！」

「手が止まってるわよ」

「……む？」

レーシェの指摘に、ウロボロスが自分の手札を見下ろした。

今はババ抜きの最中。

説明に夢中になって、自分の番が来たことに気づいていなかったのだろう。

……っていうか竜か。

……レーシェのことそう呼ぶ奴（やつ）はさすがに初めてだなぁ。

ウロボロスは一目で見抜いたのだ。

この炎燈色（ヴァーミリオン）の髪の少女が元神さまであること。そして炎を司（つかさど）る竜神であること。

「なあレーシェの今の説明で合ってるのか？」

「……我が言おうとしたのにぃ」

むすっと頬（ほお）を膨らませるウロボロス。

この反応からして正解なのだろう。

「……そうだよ。神の力は後出しで優先権が切り替わるのさ。だから巨神像でダイヴしてわざと迷宮ゲームに入る。その迷宮内で我の眼を砕くといい。我の力が『後出し』されて人間ちゃんは我の霊的上位世界（エレメンツ）に引き寄せられる」

「なるほど。ちゃんと法則っていうか理屈があるんだな」

つまり二者択一だ。

自分たちには二つの遊戯の選択権がある。

「レーシェはどっちでも良いとして、パールとネルはどっちがいい？」

「は、はい!?」

「何がだフェイ殿？」

「俺たちには二つのゲームがある。まず現在進行中の迷宮ゲームはやらなきゃいけない。これは救援チームとしての義務。でもセーブまで辿り着いたし、気分転換でウロボロスと遊んでやるっていうのも無しじゃないかなって」

ピッ、と親指を弾く。

その勢いで宙に弾かれたウロボロスの眼が、きらきらと赤い弧を描いてパールの手元に収まった。

「そ、そうですね……あたしも迷宮ゲーム以外の気分転換なり休息はほしいです。何日間もあの迷宮を彷徨ってヘトヘトですし」

「私も同感だ」

そこにネルがおずおずと首肯。

「ただ気になるのが無敗殿の新しいゲームとやら。何も失うことのないゲームなら喜んで付き合うが、重要な一勝と一敗を賭けた『神々の遊び』となれば……」

「むっ、怖いのかい？」

ネルの呟きに。

ウロボロスが可愛らしくも目を吊り上げた。

「尻ちゃん！」

「尻呼ばわりされたっっっ⁉」

「賭け神の力で復活して、今さら何を恐れる？　伸び伸び遊べばいいじゃないか」

「……っ！」

「ゲームをする前から負けることを考えちゃつまらないだろ？」

「た、たしかに」

圧されたように頷くネル。

その姿に、神がにこりと微笑んだ。

「せっかく我がとっておきの遊戯を考えてやったんだ。とっても楽しいぞ？」

「……無敗さん」

そんな神をじーっと見つめるパール。

「二言はありませんね？　とっても楽しいと」

「もちろん！」

「ちなみに楽しいのはどちらです？」

「我だよ！」

「あたしたちは？」

「――――――」

「なぜ沈黙するんです⁉　そこ一番大事なとこですが⁉」

「い、いや！　楽しいはずだ！　だって我の作ったゲームだし！」

首をぶんぶんと振るウロボロス。

「我を信じろ、胸ちゃん！」

「あたし胸呼ばわり!?」

「我のゲームは楽しい。だって大人気コンテンツだし！」

「……怪しいですね。ならば最後にもう一つ」

ずずっと顔を近づけていくパール。

「ぶっちゃけ。あの迷宮ゲームとあなたの新ゲーム、どっちがむずいです？」

「当然我のさ！」

ウロボロスが目を輝かせた。

勢いよくソファーの上に飛び乗り、両手を広げて。

「今回用意したゲームはね、もう前回の百倍は難しいよ。最速で攻略しようとしたって最低一万時間はくだらないね！」

「…………ほう」

「…………へえ」

「…………ふぅん」

「…………はぁ」

「無限に落ちていく大空を舞台(フィールド)に、容赦なく人の心を折りにくる史上最凶のえげつないモンスターと罠(ギミック)の数々！　幾千幾万の屍(しかばね)を乗り越えた先にはもちろん我との頂上決戦！　ちなみに我の攻撃はフィールド全体におよぶ必中即死判定ね。一周目は絶対攻略できない仕様だから。二周目もたっぷり楽しめるよ」

「なるほど良くわかりました」

パールが満面の笑みで首肯。

右手に持っていたウロボロスの眼を一度見下ろして、そして。

「ぽいっ」

神の至宝を、有無を言わさずゴミ箱に投げ捨てた。

「ああああっっ!?　我の眼を投げ捨てるな、神の至宝だぞ！」

「燃やします。この呪いのアイテム」

「ゴミですゴミ」

「我の眼をゴミって言うなぁぁぁぁぁっっっ!?」

ゴミ箱に顔を突っ込む神。

無事見つけたらしく、もぞもぞとゴミ箱から抜けだして。

「……はぁ。なるほど気持ちはわかったよ」

一度大きく溜息。

「やっぱり途中セーブの迷宮が気になるか。向こうを片付けて気持ちをスッキリさせてから思うぞんぶん遊びたいと。なにせ我のは大人気コンテンツだからね」

「いえ全然」

「そんなわけで――」

　ウロボロスが再びソファーにあぐら座り。

「しょうがないね。他の神の遊びに介入するのは好きじゃないんだけど、我も手伝ってあげるよ。さっさと迷宮を終わらせちゃおう」

「えっ⁉　無敗さんが手助けしてくれるんですか⁉」

　パールの声が裏返る。

　その後ろで、フェイも思わずレーシェやネルと顔を見合わせていた。

　想定外どころか期待の外だ。

　レーシェを例外としても、『神々の遊び』で神が人間側につくなど聞いたことがない。

　……神の存在はチート同然だ。

　……うまい話すぎて、逆にその天罰を食らわないかの方が怖いけど。

　前代未聞すぎる。

　それが『神々の遊び』の制約内かはフェイさえ確信がもてない。

「本当に大丈夫なのか？　そんな無茶苦茶が許されるなんて聞いたことないけど……」

「ただし！」

　ウロボロスが人差し指をピンと突き立てた。

「一度だけだよ！」

「……いや、だからその一度だけでも本当に大丈夫なのかなって」

「知らない」

「おいっ⁉」

「なにせ我のゲームで遊んでもらうためだしね。おっと、でも人間ちゃん、勘違いしちゃダメだよ？」

ウロボロスが不敵に唇をつりあげた。

あぐら座りのまま腕組みし、自信満々に胸を張ってみせる。

「我はそうたやすく懐かないよ。だって人間ちゃんはゲームの対戦相手だもん。そもそも我ってば、ラスボスを倒した後の隠しダンジョンのそのまた隠しボスを倒した後に特殊条件付きで発見できるくらいの超レア神だし」

「……自分でレア神言うなよ」

「我を仲間にしたくば『神々の遊び』で５０００連勝くらいしてもらわないと」

「じゃあいい」

「ふえっ⁉」

フェイの投げやりな応答に、なぜかウロボロスの方がビクッと肩をふるわせた。

「ちょ、ちょっと待って人間ちゃん、我を仲間にしたくないの？」

「だって５０００連勝ってさぁ……」

「じゃ、じゃあ５００連勝でいいよ⁉　ほら、我を仲間にしたらきっと良いことあると思うなぁ？　なにせ我は無敗だし！」

「うーんまだ非現実的な……」

「じゃあ50連勝！　いや40連勝でどうだい!?　ねえってば！」

顔を真っ赤にした神に袖を引っ張られながら。

「ミランダ事務長、もしかしてコレも俺に面倒見ろとか言うつもり……？」

フェイは溜息をついたのだった。

2

夜。

ルインの街のはるか地平線へと日が沈む。

誰もが寝静まる真夜中だが、神秘法院ビルの九階、つまり執務室は今なお煌々と明かりが灯っていた。

「ふぁ……ああもう、ようやく寝ようとしてたのに！」

モニターを食い入るように見つめるミランダ。

深夜三時。あるいは早朝三時。

今のミランダは薄地の寝間着にガウンを引っかけただけのあられもない格好だ。つい直前までベッドで微睡んでいたものの、ある情報によって飛び起きた。

――救援チーム、帰還1「秘蹟都市ルイン」（昨日4時19分）

――救援チーム、帰還2「海洋都市フィッシャーラ」（昨日23時8分）
――救援チーム、帰還3「東亜都市ポル＝ア」（本日2時1分）
――救援チーム、帰還4「神話都市ヘケト＝シェラザード」（本日2時1分）
※帰還3と4は迷宮内で合流して帰還。

救援チームが新たに三つ帰還した。

それぞれ十数人の帰還困難者を引き連れてだ。

「やるじゃん救援チーム。さすが世界中から選ばれたエリートプレイヤーたちだよ。そうじゃなきゃ困るけど」

目をこすりながらモニターを凝視。

ビデオ会議の指定ルーム。

そこに「海洋都市フィッシャーラ」「東亜都市ポル＝ア」等が追加されていく。どれも神秘法院の支部のある都市名だ。

『いやぁ申し訳ない。だいぶ攻略に手間取りました』

まずカメラに映ったのは、大人びた金髪の青年だった。

『海洋都市フィッシャーラ代表のエズレイズ、帰還しました。いやぁ聞きしに勝る難易度でしたよ。特に最後の大敵（レイドボス）「踊るマリオネット将軍」が難敵で、十二回全滅したけど何とか攻略。そうそう未帰還者十七人も救出成功です』

柔和な笑顔でそこまで報告して——
金髪の青年が、モニターの向こうからこちらを見つめてきた。
『ルイン支部はさすがですね。ミランダ事務長、聞いたところによるとフェイ君は僕より
とっくの先に帰還してたそうで』
「ん？　ああいやそんな事はないよ」
フェイの帰還が二十二時間前。
対し、この青年エズレイズは三時間前。
十九時間差のゴールは一般的なゲームなら大差も大差だが、この前代未聞の迷宮が相手
ならば微々たる差違だ。
「帰還おめでとう。さすがだね新入り二番手」
『ん？　ああ、また懐かしい話を。去年のやつですね？』
エズレイズが苦笑い。
『数奇な偶然ですねぇ。この迷宮ゲーム、最初に脱出したのがフェイ君で僕が二番手か。
なるほど。こんな事態でなかったらどっちが先か競争したかったなぁ』
神秘法院本部から与えられる新入り勲章。
その去年の最高位がフェイ。そして新入り二番手に選ばれたのがこの青年エズレイズ
だったのだ。いま迷宮からの脱出がフェイ、彼の順になったのは、それだけ両者が優れ
た新入りだったことの証だろう。

「ありがとう、君のおかげで未帰還者が救われたよ」

『とんでもない。ところでそのフェイ君は？』

エズレイズが画面を見回す。

ここにいるのはミランダだけだ。フェイと仲間はここにいない。

「時差だよ。ルイン(こちら)がいま深夜二時である上に、フェイ君たちもさすがに疲れきっている。まずは休息が必要だと判断させてもらった」

実のところ――

フェイが疲れているのは帰還後すぐ神(ウロボロス)の面倒までみることになったせいもあるのだが、それは外部には秘密である。なにせ神(ウロボロス)は、元神さまのレーシェ以上に何をしでかすかわからない。機嫌を損ねることが人類滅亡の危機に直結する。

……神さまって正直だね。

……フェイ君だけが「人間ちゃん」で、ほかすべては「人間」扱いだ。

無限神ウロボロスにとって――

唯一自分を負かしたフェイだけが特別視の対象なのだ。それ以外の人間が迂闊(うかつ)に近づけば、それだけで神の怒りに触れる可能性がある。

「話を戻そっか。今の報告はさっそく有意義だよ。エズレイズ君さ、君が倒した大敵(レイドボス)はマリオネット将軍って言ったよね」

『フェイ君の大敵(レイドボス)は別だと？』

「うん。フェイ君のは『眠れる獅子（しし）』だって」

迷宮ルシェイメアは広すぎる。

フェイもそうだが、いま帰還成功している者たちは各々の一番近くにいた大敵（レイドボス）を倒した
に過ぎないのだ。

「そちらはどうだい？」

『東亜都市ポル＝ア代表の那由他（ナユタ）ですわ。まずは無事に戻れてほっとしました』

くすんだ赤毛の女性が小さく会釈。

着物と呼ばれる異国風にアレンジされた儀礼衣で、その彼女がふぅと息を吐く姿には、
ミランダの目にもありありと色濃い焦燥が滲（にじ）んでいた。

『こちらは先ほど戻ったばかりで……本心は、まずシャワーを浴びたいけど』

那由他（ナユタ）が微苦笑。

『手短に報告します。私たちが倒した大敵（レイドボス）は……ええと名前なんだっけ？　とんでもなく
ふざけた名前と見た目してるのに超強かったのよね』

『「世界一弾むゴムボール」だ』

ジッ……

モニターに新たな顔ぶれが映る。

短く切りそろえた褐色の髪に、鋭い眼光が特徴的な男だ。

『ふざけた名と外見ながら、人間の目では捕らえきれない速度で弾んで襲いかかってくる

上に触れたら即死の難敵だった……ボールの反射角度を完璧に把握しきるまで四十回ほど全滅させられた』

金色の刺繍入りの儀礼衣。

これは神秘法院なら誰しもが知る、神秘法院本部の所属の証である。

『救援本部チーム、キルヒエッジだ。途中で那由他チームと合流して合同攻略のかたちをとったが、俺たちも帰還したばかりで状況が掴めていない』

『あいにく、救出班が救出できたのは全体の四分の一以下だそうだよ』

溜息まじりに応えたのは、金髪の青年エズレイズだ。

『セーブに甘えて帰ってきたはいいけど、うちの可愛い後輩たちもまだ迷宮に閉じこめられてる。再突入が必要だって声が早くも出てきてるよ』

『まさにその話がしたかった』

本部のキルヒエッジが深々と頷いた。

『我が身で体感したがあの迷宮は広すぎる。現在の救援チームでも、今のペースで未帰還者残り百五十人をすべて見つけ出すのは不可能だろう。そこで方針を改めたい。ずばり俺たちが狙うのは完全攻略だ』

『っ』

キルヒエッジの言葉に、聞き手のエズレイズ、那由他の二人が目をみひらいた。

――やはり。

――それしかないか。

二つの都市を代表する使徒の表情を汲むならば、そんな心境だろう。

『ゲームの目標は、迷宮の最後にいるボスの撃破だっけ？　僕もそれに同感だ』

エズレイズが大げさに肩をすくめてみせて。

『要するにこういうことだろ？　未帰還者を隈なく探すより、最終ボスを撃破してゲームを終わらせる方が手っ取り早い』

『そうだ。神に勝利すれば、ゲーム参加者全員がまとめて現実帰還できるはずだ』

バサッ、と。

画面の向こうでキルヒエッジがぶ厚い紙束を取りだした。

『本部でデータを収集中だ。迷宮の地図を作成し、そこにモンスター出現地と罠の場所、大敵の情報を加えていきたい』

『あ、なるほどね！』

那由他が手を打って。

『私たちが迷宮に潜る。モンスターや大敵の情報を蓄えるだけ蓄えて、セーブポイント経由で現実に戻ってくると。それを本部に伝えるのね』

『そうだ。この迷宮を網羅した完全攻略書を作る』

迷路の最短経路、大敵の攻略法、強力なレアイテムの制作。

それを世界中の神秘法院で共有することで、この迷宮は「時間はかかるが確実にクリアできる遊戯」となるだろう。

理論上は。


「────────」


さてどう切りだしたものか。

ただ一人この場で口をつぐんだまま、ミランダは胸中で自問を繰り返していた。

……無理もない。

……セーブアイテムで帰還する。まずはそれだけで頭が一杯だっただろうからね。

彼らも遅かれ早かれ気づくだろう。

この迷宮に内在する致命的な欠陥に。

『ん？　ルイン支部のミランダ事務長どうかしましたか？』

「ああ悪いねキルヒエッジ君。考え事をしてて眉間に皺が寄ってたかもしれない」

眼鏡のブリッジを押し上げる。

神の迷宮から一時帰還した顔ぶれを見回して。

「君たちは私なんかより数段頭が回る。どうせすぐ勘づくから伝えておくよ。これはルイン支部の一意見だが、その完全攻略書は完成しない」

『その心は？』

「ラスボスだよ」

一呼吸。

問い返してくる本部（キルヒエッジ）を見つめ返して——

「この迷宮のラスボスは神だ。そしてその神は既に死んでいる」

『なっ⁉』

『えっ⁉』

『……そう来たか』

三者三様。

目をみひらくキルヒエッジ、声を上げる那由他（ナユタ）、そして苦笑いのエズレイズ。

三人は即座に理解したのだ。

——この遊戯の勝利条件は、ラスボスを撃破して迷宮を抜けること。

だがラスボス不在につき勝利条件が満たせない。

すなわち神の迷宮（ルシェイメア）は攻略不可能。

『……嘘（うそ）でしょう？』

頬杖（ほおづえ）をつく那由他（ナユタ）の手が小刻みにふるえだす。

『死に物狂いでセーブまで辿（たど）り着（つ）いてようやく帰ってきたのに。ミランダ事務長、それは誰が言いだした予想ですか』

「うちの支部だよ。そんなの一人しかいないさ」

『フェイ？』

「……私も失敗したな。この夜更けと思って誘わなかったけど、やっぱり彼抜きで説明しようとすると煩雑になる』

後ろ頭を掻きむしる。

「ただね、それでもフェイ君は完全攻略するらしいよ？」

‖

同時刻――

神秘法院の男性寮、その敷地をフェイはふらふらと歩いていた。

ひっそりと寝静まる寮。

微かな外灯が照らす芝生に、フェイの影がおぼろげに浮かび上がる。

「……疲れた……もう外が真っ暗だし寒いし……」

深夜三時。

この夜更けになぜ外をふらついているかというと、今ようやく用事を終えて神秘法院ビルから帰ってきたからだ。

そう。ミランダ事務長の「彼は寝てるだろう」という予想に反し、実は起きていた。

用事とはもちろん遊戯。

ただしフェイの要望ではなく、神々の要望である。

「……神さまの体力……無限って……ずるいな……」

フェイの本日のスケジュールは――

迷宮にて八十時間以上も奮闘し、今朝の朝四時にようやく帰還。

そこからレーシェとウロボロスの「おねだり」によって二十三時間の耐久ゲーム会。

つまり朝四時に人間世界に戻ってきてから、翌日の朝三時の現在までゲームをし続けていたのだ。

「……まさかウロボロス、人間世界に居候するつもりか？」

一つわかったことがある。

神(ウロボロス)は、自分の遊戯はもちろん人間の遊戯も大好きらしい。

トランプ、チェス、ダーツなどなど。

レーシェの部屋にある遊戯に片っ端から目をつけて「次はこれだよ！」とせがんできて、それに付き合った結果、遊戯開始から十八時間でパールが倒れた。

パタッ、と。

チェスの駒を手にした姿勢で、笑顔のまま、糸が切れた人形のように倒れていった。

続いて二十一時間目にネルが倒れた。

「……そこからの記憶が俺もないんだよな」

人間(フェイ)、元神さま(レーシェ)、神(ウロボロス)。

三人同時対戦のオセロが始まって……気づけば自分(フェイ)は、神秘法院ビルを出て寮の敷地に立っていた。

「……とにかく休もう。明日(あした)も朝から話があるとか事務長言ってたし」

眠すぎて何も考えられない。

ふらつきながら死に物狂いで自分の部屋に辿り着いた。シャワーを浴びる気力もない。着替えることも忘れてベッドに倒れこむ——

「？」

ぱふんっ、と。

倒れこんだ拍子に手が何か柔らかいものに触れた気がしたが、これは気のせいだろう。眠気で意識が朦朧としているせいだ。

「……んっ」

小さな、堪えるような声。

「……んんっ。人間ちゃん。なかなか大胆なことするね？」

恥じらいがちな声が聞こえた気がする。

だが気のせいだろう。

「……っ、ちょっと人間ちゃん？　我のことがそんなに好きかい……だけど触られっぱなしは……さすがの我も……ちょっとだけくすぐったいぞ……？」

また聞こえる。

どうやら眠気のせいで幻聴まで聞こえているらしい。

「ふぅ。どうやら人間ちゃんは我の身体も気に入ってしまったようだね。まあ我は無敗だし？　我の身体もまた無敗というわけだね」

得意げな声。眠ろうと目を瞑ってるのに頭に響く。理由は、その声がものすごい近くから聞こえるからだ。

耳元で話されているような、臨場感のある聞こえ方。

「……ん?」

おかしい。幻聴じゃない?

いやいや幻聴のはずだ。なぜならここは自分の部屋で、自分の寝室なのだから。

「――――」

うっすらと瞼を持ち上げる。

暗がりのなか真っ先に目についたのは、燗々と輝く紅玉色の輝きだった。

光の反射ではない。神の瞳たるソレはおぼろげながら神秘的に光を発していた。その瞳が自分を見つめて、いたずらっぽく微笑んだ。

「あ、起きたね人間ちゃん」

銀髪の少女がクスッと笑む。

一つのベッドで、前髪と前髪が触れるほど近い距離で横に寝転がっている。

そして、これは一人用ベッドだ。

一人寝るのがやっとの狭さで、自分が伸ばした手は少女が着ているシャツの『無敗』の二文字にめり込むように触れていた。

なお、その二文字はシャツの胸元に印字されている。つまり自分が触っていたのは――

「うわぁっ!?」

ビクッと手を引っ込める。

「ウロボロス!?」

「人間ちゃん寝ないのか？」

「寝ようとしてたさ！……っていうか、ええとだな」

眠気のせいで頭が回らない。

そもそもウロボロスは、神秘法院ビルに部屋をあてがわれていたはずなのだ。

一方でここは男性寮。

「……どうして俺の部屋の俺のベッドに」

「我、人間ちゃんのずっと後ろにいたじゃないか。声をかけても人間ちゃんが気づかないから一緒にここまで来たんだよ！」

「あれ？　全然気づかなかった……」

鉛のように重たい身体(からだ)に鞭(むち)を打ち、のそりと上半身を起き上がらせる。

ちなみにウロボロスは今もベッドに横になったままだ。

「ふっふっふ。まあ気づかないのも無理ないね。我、全身を透明化させたうえに気配を殺して近づいてたし」

「……隠れんぼのつもりか？」

「話を戻すと、我としてはまだ遊び足りないんだよ。でも場が解散の雰囲気になったから人間ちゃんの後をついてきたのさ。でも……」

ウロボロスが起き上がった。

ベッドの上であぐら座りになって、こちらをじーっと見つめてきて。

「人間ちゃんも人間だからね。見た感じ、残りライフが3しかないよ」

「それはどれくらいなんだ？」

「犬に吠えられたら死ぬ」

「瀕死も瀕死じゃないか⁉」

「だから我がついてきたのさ！」

「わっ⁉」

勢いよく手を引っ張られ、フェイは前のめりにベッド上に倒された。慌てて振り向こうとする鼻先に、布団よりも柔らかい何かが押し当てられる感触が。

「我が守ってあげるよ！」

「……っっ⁉」

声を出したくても出せない。

ウロボロスに上から覆い被さられ、顔に胸を押しつけられている。愛くるしい見た目からは想像できないほど重量感のある双丘に挟まれて——

「ふふっ。光栄に思うといいよ？　この無敗の我が、一晩中、人間ちゃんを抱きかかえて寝てあげよう。これで安心して眠れるだろう？」

「…………っ！」

フェイの頭を抱きかかえる。

当のウロボロス自身は、まるでお気に入りのぬいぐるみを抱きかかえた少女のような、実に満足げな笑顔で──

「ふふっ。そう遠慮することはないよ。なにせ……おや？」


「嫌がってるだけよ」


がしっ、と。

フェイの頭を抱えるウロボロスの頭を、さらに別の手が鷲づかみにした。

「いやぁな予感がしたのよねぇ」

「ギクッ⁉」

その手に掴まれた途端、ウロボロスが小さく震えた。

これが単なる怪力ならば動じることはない。だが神は無意識のうちに、この場における己の不利を感じとっていた。「あ、これまずい」と。

「……竜ちゃん？」

「よ・そ・者・が」

真夜中に──

爛々と輝く琥珀色の瞳が、神を睨めつけた。

「あなたさっき『我も眠るよじゃあね』って、私の部屋から去って行ったわよね？」

「い、言ったかなぁ？」

「——白々しいな」

「——確かに聞きましたよ」

浮かび上がる二つの人影。

レーシェの左右に、同じく目を血走らせた黒髪の少女と金髪の少女が出現した。

再びビクッと震える神。

「ちょ、ちょっと誤解だよ!?　我はこの人間ちゃんを一晩守ってあげようと——」

「話は外で聞くわ」

「聴取の時間だ」

「まったく、フェイさんの添い寝なんて許される行為じゃありませんよ？」

「ああああああああっっっっっ!?」

両手を掴まれて連行されていくウロボロス。

たった一人——

気絶して意識も記憶も失ったフェイだけが、寝室に残されたのだった。

3

翌日。

夜のすべてを忘れ去ったフェイが、レーシェの部屋で見たものは――

両手を手錠で縛められた神だった。

「……むぅ。ここまで全力警戒されるとは。まあ我は無敗だからね。大物はいつだって注目を浴びる」

「ただの抜け駆けでしょうが」

そんなウロボロスの頭に手を乗せるレーシェが、ようやくこちらに気づいて顔を上げた。

「あ、フェイ来てたのね！」

「おはよう。ところでそのウロボロスは……」

「この新入りは、今後私の部屋で預かることにしたわ。教育のために」

手錠を填めたウロボロスの頭をぽんぽんと叩くレーシェ。

その後ろのソファーでは、パールとネルが仲良く寝息を立てている。どうやら昨晩はレーシェの部屋に全員で寝泊まりしたらしい。

「女子会よ」

「……ウロボロスの両手に手錠がかけられてるのは？」

「フェイ」

レーシェがにっこりと笑んだ。

「女子会よ」

「…………………はい」

これ以上の追及は危険だ。

そう告げる本能のままにフェイは首を縦に振っていた。

「わかった。それはそれは楽しく和気藹々とした女子会だったんだな」

「ええそうよ」

レーシェが再びにっこり。

その途端、寝息を立てるネルの腰のあたりで、通信機が勢いよく鳴りだした。

「わっ⁉」

「ひゃあっ⁉」

ネルが飛び起きる。

その声に、横で寝ていたパールまでもがソファーから飛び跳ねた。

「な、ななななんですかネルさん⁉」

「……通信だ。ん？　ミランダ事務長か。私宛てとは珍しいな？」

『あれ？　あ、間違えた。フェイ君にかけるつもりがネル君だった』

暢気な事務長の声。

「おはようございます事務長。フェイ殿に替わりますか？」

『別にいいよ。どうせみんな傍にいるだろう？　スピーカー設定でみんなに私の声が聞こえていれば問題ない。事務連絡だからね』

そして一拍。

『ネル君、今朝方に君らのチームに送った連絡は確認したね』

「朝四時に送られて来た連絡ですか？」

『うん。君たちが帰還した十数時間後に、新たに三つの救援チームが帰還できた。それは喜ばしきことだが、裏を返せばまだそれだけだ。精鋭を揃えたはずの救援チームもやはり大半が迷宮で苦戦している』

現在、世界各地で巨神像へのダイヴが禁止されている。

これは前代未聞だ。

世界最高の興業である『神々の遊び』が一週間以上も停止となり、一般人のファンの中にもそれを不安視する者が現れつつある。

いつ使徒は全員が帰還するのか？

はたして『神々の遊び』は正常に再開するのか？

『……で、本部の総意が出た。やっぱり再突入をお願いしたい。途中セーブに行きついた四チーム、とりわけ真っ先に大敵を撃破した君たちに本部も注目してる。っていうか、縋ってる。ただ、こちらはあくまで「お願い」だよ。無理強いはできない』

通信機ごしに伝わる溜息。

『フェイ君さ、あの迷宮が攻略不可能って意見は一晩経っても変わらない？』

「今のところは。でも挑戦はしますよ」

ネルが手にした通信機に向け、フェイは軽く頷いてみせた。

「心当たりはあるので」

『その心当たりを教えてくれると私も安心できるよ？』

「もちろん話したいんですけど、できれば実際に迷宮の奥に到達できてからにしてください。まだ不確定事項が多すぎる」

これはフェイの本心だ。

確信に近い予想はあるが、それが的外れに終わる可能性もある。

「何より俺自身が確信したくないんですよ。『攻略法はコレだ！』って確信しちゃうと、そればっかり頭に残って他の攻略法に気づけなくなる。それが怖いから俺もまだ心当たりを口にしたくないなって」

『……はー。まったく君らしい考え方だよ』

事務長の苦笑い。

先ほどの溜息とは打って変わっての、諦めにも似た達観の息づかいで。

『承知だよ行っておいで。ただ……ちゃんと攻略法が確定できたら報告に戻っておいでよ。待つ身は辛いんだ』

霊的上位世界（エレメンツ）。

神々が住まう「法則の違う地」。人間が入るには巨神像という名の扉が必要になる。

ここもその一つ。

ただし、まだ一度も『神々の遊び場』の舞台になっていない。

ゆえに人間は誰一人としてここを知らない。いまだ誰一人として足を踏み入れたことのない霊的上位世界（エレメンツ）であるからだ。

だから、ここで話した声は誰にも聴かれることがない。

このかいわ の きろくは きよかされない。


『巨神像、干渉が成功したのですね』


響きわたる言霊。

どこかで誰かが、誰かに向けてそう言った。

無限に沁（し）みわたるような慈（いつく）しみと、愛と、そして一握の悲哀を湛（たた）えて。

『ありがとう超獣(ニーヴェルン)』

『巨神像と繋(つな)がる霊的上位世界(エレメンツ)を迷宮ルシェイメアに強制固定。世界中あらゆる巨神像と連結できました。あなたのおかげです。これで、すべての人間を「攻略不可能の遊戯」に集められます。人間はじき降参する。誰もが諦めるでしょう』

『神々の遊びはお終いです』

沈黙。

人間であれば苦痛さえ覚えるような永い合間を置いて――


『Heckt-Maria(ヘケトマリア)』


雄々しき声の誰かが、誰かに向けてそう言った。

『迷宮(ルシェイメア)に介入された。蛇が入ってきた』

その言葉に。

『――――ウロボロスが？』

疑問符という名の相づちを返したのは、先ほどの女声だった。

『神が、別の神の遊戯に介入したのですか？』

『肯定』

『……どうして』

再びの深き沈黙。

全能であるはずの神さえ知る由(よし)もない。なぜならウロボロスは同格だから。全能の神も、同じく全能の神の心は読めない。

『蛇ならば迷宮(ルシエイメア)のゲームマスター権限を乗っ取れるだろう。ゲームマスターとなれば迷宮(ルシエイメア)のルール変更が可能になる』

迷宮の創造者(ゲームマスター)は、当然ながら迷宮を創った神自身だ。

しかしその神は消滅。

ゆえに創造者(ゲームマスター)の席が空いているのだ。

蛇(ウロボロス)がその空座を乗っ取るようなことがあれば、蛇(ウロボロス)の気まぐれ一つで攻略不可能の迷宮ゲームが攻略可能に創り替えられる。

それは望ましくない。

『追い払いましょう。蛇は、迷宮(ルシエイメア)を脅かす危険因子になる』

女声にまじる冷たき感情。

『迷宮(ルシエイメア)は、永遠に攻略不可能でなければならないの』

Chapter

Player.2 死と再生の迷宮ルシェイメア

God's Game We Play

1

高位なる神々が招く「神々の遊び」。

選ばれた人間は使徒となり、霊的上位世界「神々の遊び場(エレメンツ)」への行き来が可能になる。

——巨神像に飛びこんで。

フェイたちが訪れた先には、極彩色に輝くモニター群が宙に連なっていた。

何十というモニター群で構成された空間。

「あ、これ見覚えあります！」

あたりを見回すパール。

「ダンジョン難易度を選ばされた場所ですよね。たしかあの辺りに……」

虚空(こくう)を指さす。

ちょうどその位置にあたる宙に、黄金の剣と説明文(テロップ)が浮かび上がった。

——セーブアイテム『ライオンハート』。

——勇敢なる者たちへ。戦いの場に戻ってきたことを歓迎しよう。

大敵（レイドボス）「眠れる獅子（しし）」からの戦利品（ドロップアイテム）だ。

フェイたちが見上げるなか、黄金の剣がゆっくりと石の土台に収まっていく。

視界が一瞬ブレて——


自分（フェイ）たちは、円形の大広間に立っていた。


床はコンクリートのような硬い石製。

広間の壁には何百本という燭台（しょくだい）が設置されている。

「眠れる獅子を倒した場所。ここが我々の新しい再開始地点（リスポーン）のように見えるが……」

ネルの歯切れが悪い。

処刑場の壁を見つめるネルが、訝（いぶか）しげに目を細めてみせて。
・・・・・・・
「何だこの壁の色は」

処刑場の壁が変色していたのだ。

腐ったような錆（さ）びたような、不気味な斑点（はんてん）模様があちこちに。

天井も床も。壁という壁が、カビが生えたような不気味な色合いになっている。

「フェイ殿、この処刑場はこんな色だっただろうか……」

「まさか。前は冷たい灰色だった。そのうえで気になるのは、これが意図的なゲーム仕様(ギミック)かどうかだけど」


誰が見ても、処刑場が変容したことは疑いない。

……ゲーム仕様(ギミック)だとしたら発動条件は何だ？

……俺たちが現実帰還したから？　それとも大敵(レイドボス)を倒したから？

ギイ。

物々しい音とともに扉が開いていく。自分たちの背後で、レーシェが処刑場の扉を内側から押し開けながら——

「ねえフェイ、これ迷宮全体かも。処刑場だけじゃないわ」

扉の向こう——

処刑場から続く廊下もまた毒々しい色に染まっていた。

しかも迷宮の廊下だけではない。廊下の窓から見える空が、鮮血のごとく強烈な赤に染まっているではないか。

「な、何ですかこの変わりよう!?　なんか……色合いからしていかにも難易度上がってそうな気がしませんか！」

「……私も同感だ」

パールに向けて頷(うなず)くネル。

「これが迷宮全体に及んでいるようなら、フェイ殿が言うようにゲーム仕様(ギミック)なのだと思う。

ゲームの難易度が上がった線はありえるな」

改めて現実を突きつけられた。

自分たちは、まだこのゲームの全容をまるで理解できていないのだと。

「よし！　さあ人間ちゃん！」

そんな中、ウロボロスが脳天気なほど明るく手を叩いてみせた。もはや象徴とも言える無敗シャツ姿で扉を指さして。

「どんどん進んでいいよ！」

「………………」

「ん？　どうした人間ちゃん？」

「いやなんか意外っていうか……てっきり『我が先頭だよ！』って仕切るかと思ってた」

先頭を譲られるとは思わなかった。

そもそもウロボロスがついてきた理由が「こんな迷宮さっさと終わらせて我の遊戯に移ろうよ」である。

……神は存在そのものがチート同然だ。

……この極悪バグの迷宮も、いっそ力ずくで何かするのかって思ったけど。

力を行使する素振りがない。

それが意外なのだ。

「ふふん？　まあ我は無敗だからね！」

いま無敗（ソレ）は絶対関係ないだろ。

誰もが内心そう突っ込んだことに気づくわけもなく、ウロボロスが自信満々に胸を張ってみせる。

「特に決まりはないんだよ。神のゲームに他の神が首を突っ込んだって」

「え？　そうなのか……」

「ただし！　神々って、人間と遊ぶために専用のゲームを考えてワクワクして待ってるんだよ。なのに他の神が介入したら楽しさも半減するよね？」

ウロボロスが身を屈（かが）める。

床から小石を拾い、それをポイッと壁に放り投げた。

壁の斑（まだら）模様めがけて。

「……ダーツの真似（まね）か？」

「神はゲームの主催者ね。『ダーツ勝負をしよう』って人間を誘って盛り上がってるところにさ、別の神が呼んでもないのに現れて先手で手榴弾（しゅりゅうだん）で的を木っ端微塵（こっぱみじん）にして『お前の投げる的はもう無いから俺の勝ち』なんてつまらなくない？」

神は神の遊戯を壊しうる。

ゲームで定められたルールの枠外から、ウロボロスが喩（たと）えたようにダーツゲームで的を木っ端微塵に破壊して勝利にしてしまう力がある。

ただし――

「そんな勝ちに何の意味がある？　つまらない。よね？」

ウロボロスがニヤリと笑んだ。

とびきり悪戯（いたずら）っぽくも見える笑顔で。

「だから神は、他の神のゲームにはできるかぎり干渉しない。我もこのゲームに参加はするけどルールは守るし？」

「天晴（あっぱ）れだ！」

感極まった表情で叫ぶネル。

「無敗殿、いまの話に私は感動した！　これぞ遊戯を愛する者の心意気！」

「ふふんまあね？」

「つまり大敵（レイドボス）の眠れる獅子（しし）も、神の力を使ったわけではなかったのだな。ダメージ8京（けい）という数字もゲームルールの枠内だったと！」

「――――」

「む？　なぜ顔を背けるのだ無敗殿？」

「……あれは……あの犬っころが我の話を遮るからつい……」

「無敗殿っ⁉」

と。

そんな二人の頭上で、小さな羽ばたき音が。

『おかえりなさいませー』

薄桃色の小さな精霊が降りてきた。

『あたい、主神からゲーム説明を任されました――』

「ピンク精霊虫ちゃん！」

『端子精霊です。虫ではありません』

パールの命名をさらりとかわす端子精霊が、パンと手を打って。

『さあ早速ですが大変です。皆さまが不在にしている間に、この迷宮がなんと『冥宮』モードになってしまいました！』

やはり。

端子精霊の説明に驚く者はこの場にいない。処刑場や外の変わり様を見れば、何かが起きたことは一目瞭然だ。

『どういう変化が起きたかというと――』

「おっと！　皆まで言わずとも承知ですよ！」

待ったをかけるパール。

「この不気味な壁色！　血のように真っ赤な空！　こんな不気味にダンジョンが造り替えられたのであれば一目瞭然。難易度が跳ね上がったのは覚悟の上です！」

『あ、この色はただの気分転換です』

「違うんですかいっ⁉」

『迷宮(ダンジョン)の出現モンスターに多少の違いはありますが、どうせ何百回も全滅するわけだし誤差の範囲です』

「誤差で済まさないでくださいっ⁉」

『さてさて』

端子精霊(ミィプ)が宙を指さした。

そこに見覚えある文字盤が浮かび上がる。

『再挑戦の皆さまに、あたいから迷宮の再説明です』


【神の迷宮ルシェイメア】
①目的は最深部のラスボスを撃破すること。(最後の扉が開いて脱出成功)。
②迷宮には様々なモンスターがいて、ギミックがあり、罠(わな)が仕掛けられている。それらを攻略しながら進んでいく。
③攻略には、迷宮内のアイテムが有効。
④二つ以上のアイテムから、より上位のアイテムを制作(クラフト)できる。
なおアイテムの所持は右手と左手に一つずつ。(つまり最大二個まで)。
⑤ゲームの基礎ステータスは本人基準。
※ただし初期に『ＰＭＤ』モードを選んだ場合には制限あり。

⑥何度でも挑戦できる再開始システム。
再開始はチームの誰かが死亡判定を受けた時。再開始後には獲得したアイテムなどを失い、撃破したボスや攻略した罠が初期化するので要注意。


何一つ変化はない。

この迷宮が『冥宮』モードに変わった後も、迷宮に関するチュートリアルの文面までは変わらないらしい。

『ちなみに皆さまの解放値は、どれどれ……』

端子精霊が、もっとも近くにいたパールの頭上に手を伸ばす。

そこに小数点付きの数字が浮かび上がってきた。

パール：6・5。

『おお、悪くない数値です。皆さまが迷宮内のギミックを攻略することで上昇するので、夢の100パーセントを目指すのも面白いかもしれません。皆さまが迷宮にかけた情熱を表す数値と言えるでしょう』

「……そうは言いますが」

パールが、自分の頭上に浮かんだ数字をじーっと見つめて。

「これ自己満足って言いましたよね？」

『はい』

「本当にどうでもいいですね!?」

『だからこそ再開始(リスポーン)しても数値が初期化しないのです』

パールの解放値が再び消えていく。

それを見届けて、端子精霊(ミイプ)がこちらを見回した。

『完全攻略を目指して頑張ってください！　ちなみに再開始(リスポーン)地点はいつでも選択可能です。この処刑場か初期の迷宮(ダンジョン)前か。変更希望があればあたいに声をかけてくださいね』

「……ああ」

端子精霊(ミイプ)を見上げてフェイは頷(うなず)いた。

わずかな違和感。
・・・
なぜだ？

なぜ端子精霊(ミイプ)は、人間側(プレイヤー)にこうも自信ありげに完全攻略を勧めてくる？

……このゲームは攻略できないはずなんだ。

……最終地点にいる神(ラスボス)が死んでいる。このゲームは壊れているのに。

「まあいいや。確かめてみるか」

『ご出発ですね？　では、新しく開かれたこの扉からどうぞ』

処刑場の奥。

眠れる獅子(しし)を倒したことで開いた新たな扉を指さした。

『また会いましょうねー』

「それあたしたちが死んで再開始(リスポーン)って意味ですよね!?」

端子精霊(ミイブ)の意味深な挨拶を後にして、処刑場の扉を抜けた。

そこには――


ぶよぶよと脈打つ廊下が、無限に奥まで延びていた。


床は赤と黒のモザイク模様。

血管のようにドクドクと脈打つ赤い筋が、幾重にも壁に浮かび上がっている。廊下に立っている石柱も黒いカビのようなものがびっしりと。

「超不気味ですぅぅぅぅぅっっっっ!?」

脈打つ床を見るなりパールが跳び下がった。

「まるで巨大な生き物の体内みたいじゃないですか!?　あんな綺麗(きれい)な王宮の廊下が……こんなにも見る影もないなんて！」

「……このデザイン、あまり良い趣味ではないな」

恐る恐る足を踏みだすネル。

ドクンドクンと胎動を繰り返す血管じみた管は、どうやら踏んでも問題ないらしい。

「……何もなしか。この管を踏むと血液が噴きだして全滅も覚悟したが」

「そんな覚悟は嫌ですよ!?」

「とにかく進もう。よしフェイ殿、ここは私が先に行こう」

「大丈夫か？」

「私の神呪は回避力に長けている。罠への対応は任せてくれ」

先頭はネル。そこに続くのがフェイとレーシェ。さらにパール、最後尾がウロボロスの並びで廊下を歩きだす。

が──

そんな列を、神が黙って守るわけがない。

「ほう？　これが人間のゲーム心境なんだね！　おやこれは？」

さっそく何かを見つけたらしい。

可愛らしいスキップ調で、列を離れて廊下の壁際へと走り寄っていく。

「無敗さんどうかしましたか？」

「壁に金色のスイッチがあるよ胸ちゃん」

「スイッチ……はて怪しいですね。迂闊に触っちゃだめですよ。まずは周囲に罠が仕掛けられていないかよく調べましょう」

「ポチっとね！」

「躊躇なく押したぁぁぁぁぁっっっ!?」

ぷしゅうっ！

そんな派手な音を立てて、壁の裂け目から真っ赤な霧が噴きだした。

「おっと」

ほぼゼロ距離で放たれた霧をひょいっと躱(かわ)すウロボロス。空を切った霧がその後ろにいた少女めがけて――

「危ないよ胸ちゃん」

「へ？……ってあぁぁぁぁぁぁぁぁぁっっっ⁉」

パールに直撃。

真っ赤な霧が顔にかかったパールが、両目を押さえて悶絶(もんぜつ)した。

「目がいったぁぁぁぁっっっっ⁉　こ、これは唐辛子スプレーですぅぅぅぅ！」

ただ染みるだけの目潰しだったらしい。

再開始(リスポーン)判定でないのは不幸中の幸いだが、この痛みが続くならパールにとっては再開始(リスポーン)の方がまだマシに違いない。

「読めたわ！　これは新要素よ！」

レーシェが目をみひらいた。

「迷路の不気味さとこの地味な嫌がらせで、少しずつプレイヤーの精神を削るつもりね。そのうえで本命の罠やモンスターが襲ってくるに違いないわ。気をつけましょうフェイ」

「ああ、罠も増えてそうだな」

「まずはあたしの目を心配してください⁉……ああもうっ」

目をゴシゴシとこするパール。

「もう絶対に怪しいスイッチは押しません。わかりましたね無敗さん？」

「我は何もしてないぞ？」

「押したじゃないですかぁぁぁぁぁっっっっっ⁉　あたしの前でスイッチを！」

「――――しっ！　皆静かに！」

ネルの一喝が響きわたった。

しゃらん……

通路の奥からだ。無限に伸びる廊下の十字路から、なんとも怪奇的な鈴の音が聞こえてきたではないか。

「……あー。さっそく嫌な予感がするな」

フェイも思わず苦笑い。

この鈴がプレイヤーの気配だとは思えない。

十中八九モンスターだ。さらに深く考察すれば、わざわざ「近づいていますよ」と鈴の音で教えてくれる敵が弱小モンスターのわけがない。

さっそく黄金パフーのようなエリアボスか？

「ネルさん！　ちょ、ちょっと後ろに下がった方が……」

「そうだな。これは警戒した方が良さそうだ」

パールが後ずさり、ネルがそれに倣う。

曲がり角を凝視するなか、しゃらんと響く鈴の音がもうそこまで来て――

『ぷいっ』

三角帽子をかぶった可愛らしい小人が、現れた。

背丈はフェイの半分ほどだろう。

長い睫毛に、ウサギのように長く伸びた耳。猫のように鼻は低い。どこか幼さを感じさせる風貌は、まるで童話の精霊のようだ。

「可愛いです――――っ！」

パールの咆吼。

「こ、この愛らしい人形のような顔。こんな可愛い敵がいますか！　いえ、むしろこんな可愛い敵なら何をされても許しちゃいますよ！」

『ぷいっ？』

「……はぁはぁ……ちょ、ちょっとだけ耳を触っても……」

小人が振り返った。

その目の前には、息を荒らげて近づこうとするパール。

『ぷい――――っっ!?』

小人が絶叫とともに飛び上がった。

しゃらんしゃらん！

鈴のついた杖を大きく振り回し、一目散に逃げていく。

「あ、ぷいぷい精霊が逃げていきます!?」

「どっちがモンスターかわからないな……ん？　待てパール！」

新たなモンスターが立ちはだかった。

パールの膝下までしかない小動物だ。毛むくじゃらで丸みのある胴体。自分たちの知るかぎり、この迷宮で最も弱いであろうその敵は――

「……パフー？」

パールが目をこする。

唐辛子スプレーが染みるからではない。ただ単純に、目の前に現れたモンスターの様子がおかしかったからだ。

『ばぁぁふぅぅうっ』

茶色いはずの毛並みが毒々しい青カビ色に。

声も嗄れて、そして何よりも激しく臭う。全身から腐った生ゴミのような異臭が漂ってくるではないか。

ゾンビパフーとでも呼ぶべき姿である。

「そんな!?……あんなに可愛かったパフーがこんな憐れな姿に……」

これにはネルも衝撃を隠せない。

そこへゾンビパフーがとびかかった。

『ばぁぁふぅぅうっ！』

「くっ!?……ん。いや痛くないぞ？」

ゾンビパフーの体当たりをネルが余裕で受けとめた。

変化は見た目だけ。攻撃力の乏しさは本家パフーと変わらないらしい。

「ふむ……変わったのは外見だけか。臭いはキツいが冒険の上では恐るるに足りないな。

しかし惨めな変わりようだ。何とか元の姿に……ん？　どうしたパフー？」

ゾンビパフーが震えだしたのだ。

ネルに抱きかかえられた体勢で――

『ぶええっ！』

吐いた。

下水のように臭くて汚い、ドロドロの胃液をゾンビパフーが吐きだした。

「うわぁぁぁぁぁぁっっっ⁉　私の服にゾンビの吐いた胃液がぁ⁉」

慌ててゾンビパフーを放り出すがもう遅い。

ネルの首から胸元にべっとりと、緑色の体液が付着済みである。

「ネルさん臭ぁ⁉」

「ち、違う！　臭いのはこの胃液だ！　私じゃない⁉」

『ぶええっ！』

「また吐いた⁉　今度は床にっ⁉」

床に飛び散る胃液。

実害はないがとても臭い。そして見た目も最悪である。ゆえにフェイが選んだ選択肢は、構わずさっさと横を走り抜けること。

「放置だ。走るぞ！」

ぷいぷい精霊（パール命名）はもう逃亡済みだ。

ゾンビパフーも動きは遅い。臭いと汚れ以外の影響がないなら、この場で振り切ってしまえばいい。

『ばぁぁふぅぅぅっ！』

「追いかけてきますぅぅぅ！」

迷宮を全力で走りだす。

「ネル、次の曲がり角を右だ！」

「フェイ殿、その心は!?」

「さっきのぷいぷい精霊が逃げていった方向だ！　何かあるかも！」

「承知！」

ネルを先頭に走り続ける。

後方のゾンビパフーはとっくに諦めて引き返したのか、追いかけてくる気配もない。

「……はぁ……はぁ……な、なんとか撒きましたね」

パールが大きく肩を上下。

と思いきや「こほっ」と咳きこんで。

「うっ……深呼吸しようとするとネルさんの臭いが……」

「私の臭いじゃない、パフーの胃液だ！」

「この臭いが染みついて、いずれネルさんの身体からも同じ臭いが……」

「やめろパール!?　ああもう、行くぞ！」

なかば自棄気味にネルが正面を指さした。

その勢いで大股で道を直進しようとして——

「ねえあの扉は？」

レーシェが、左に曲がる通路を指さした。

美しい銀色の扉。そのまわりには金色の刺繍がなされ、扉そのものが一個の芸術品のごとき煌めきを放っているではないか。

——宝物庫。

流麗な文字でそう記されている。

「来ました！　これはもう間違いなくイベント用の部屋ですよ！」

パールが扉に向かって走りだす。

眠れる獅子が待ち構えていた処刑場と同じ雰囲気がある。この扉を開けた先にイベントが発生するに違いない。

が。

パールが扉を押した途端、ガチャンッと金属が擦れる音が。

「あ!?　この扉開きません、鍵がかかってます！」

「鍵がいるんだろうな」

むしろ扉が施錠されている方が自然だ。

この迷宮がそう簡単に先に進ませてくれるわけがない。扉が呆気(あっけ)なく開いたら逆に罠(わな)だと怪しんでいただろう。

「多分だけど、俺たちが走ってきた道の途中に宝物庫の鍵があるんだろうな。怪しいのはぷいぷい精霊だ。アイツが落とすのかも」

「フェイ殿、あのゾンビパフーが持っている可能性は？」

「それもある。片っ端から調べてみよう」

引き返そう。

全員が動きだそうとした矢先、頭上に、突如としてまばゆい光がたちこめた。

『おや迷い人ですか？』

天井に光が満ちていく。

パールの転移環(ワープポータル)に似た光の輪が生まれ、そこから背中に翼の生えた人型モンスターが降りてきた。

『私は天使ピザリステデット・プリンケットヒューメリケルブリリアント3世。この迷宮でもっとも愛情豊かで慈悲深く、迷える者の救済に定評があります』

「ほほう！」

その瞬間、パールがきらりと目を輝かせた。

「名前が長いので天使ピザプリンさんでもいいですか！」

『いいですよ』

にっこりと微笑む天使。

その光景に、パールを除くフェイたちは衝撃にも似た感動を禁じ得なかった。

「……パールの愛称を受け入れただと!?」

「……あんな酷い名前を……この天使ただ者じゃないわ！」

「……迷宮でもっとも慈悲深い天使。どうやら間違いないと見た」

『おお、あなたたちは実に運が良い』

天使ピザプリンが両手を広げる。

『私は幸運の使者。あなたたちの助けとなる願いを一つ叶えてさしあげましょう。さあ、願いを何でも言ってみなさい』

「ほ、本当ですかピザプリンさん!?　ならばこの開かない扉の鍵をください！」

『わかりました。私に不可能はありません』

天使が杖を振り上げる。

が。天使がすぐさま動きを止めた。こちらをじーっと見下ろしたまま、その形相がみるみる険しくなっていく。

「ど、どうしましたかピザプリンさん？」

『……なんと不潔な』

「はい？」

『あなた！　そしてそこのあなたです！』

天使が指さしたのはネルとパールだ。

ネルの胸元はゾンビパフーの胃液まみれで悪臭だらけ。

パールの顔も、最初の唐辛子スプレーがペンキのようにべったりと。

『あなたたちの願いを叶(かな)えてさしあげます！　すなわち浄化を！』

「え？　まだあたしたち何も――」

『美しき魂で生まれ変わりなさい！』

杖(つえ)が発光。

直視もかなわぬほどの圧倒的な光の渦が押し寄せて。

天使の『浄化の光(ピュリファイ)』
穢(けが)れし者二名は消滅した。（※ゲーム内テロップ）

視界が暗転。

そして再開始(リスポーン)。気づいた時には、フェイたち五人は処刑場に戻っていた。

「…………」

「…………こういう仕掛けね。ゾンビパフーの胃液を浴びてた場合、あの天使に怒られて全滅ってわけだ」

「…………さぞネルさんが臭かったんですねぇ」

「パールもだぞ!?　二名と出ていただろうが二名と！」

＝＝＝

迷宮ルシェイメア。

その『冥宮』モードに困惑しているのは、フェイたちだけではなかった。

「どうなってるのよ――――っ!?」

血管のような筋が脈打つ通路。

窓から覗いた空は血のように赤く、喩えるならば世界最後の一日のような終末感だ。

その変わり果てた迷宮を、十数人の部下とともに女性リーダーが叫び声を響かせながら走り続けていた。

チーム『大天使』のリーダー・カミィラ。

ウェーブのかかった茶髪に、眼鏡をかけた知的なまなざしが印象的ではあるのだが……

今のカミィラは、近づいてくる「音」への恐怖で顔が引き攣っていた。

しゃらん……

通路のはるか奥から聞こえてくる。

音が通路で乱反射するせいで、音源が前方なのか後方なのかも定かではない。そのためどこに逃げれば安全なのかわからないのだ。

「リーダー！」

「すぐ近くにいるわ、気を抜かないで！」

カミィラと部下たちが固唾を呑んで凝視する十字路に、三角帽子をかぶった可愛らしい小人が現れた。

『ぷいっ？』

その小人がこちらを振り向いて――
・・・まずい。
「ま、待って！　私たちは怖くないわ！　敵じゃないの。ほらちっとも怖くない！」

『ぷいぃぃぃぃっっっ!?』

人間を見て悲鳴を上げる小人。

そう。人間がモンスターを見て怯えるように、モンスターも人間に怯える種がいるのだ。

ではそのモンスターが何をするかというと。

しゃらんしゃらん！

逃げだす小人が、鈴のついた杖をこれでもかと振り回した。

「や、やばいですリーダー！　あいつら・・・・・・がやってくる！」

「逃げるわよ！」

一目散にここを離れなければ……その決意を実行する間もなく、カミィラたちの背後から「ゴゴゴゴッ」と無数の気配が迫ってきたではないか。

廊下から――

青カビ色をした無数の毛玉が、雪崩のごとく押し寄せてきた。

何十体というゾンビパフーの大群が。

『ばぁぁふぅぅぅっ！』

「もう嫌ぁぁぁぁっっっっっっっ！」

ゾンビパフーの群れから全力逃走。

ぷいぷい精霊――

一見すれば非力モンスターだが、ひとたび人間を見かけたら「召喚の杖」を振り回し、最大五十体まで無作為に仲間を呼び寄せる凶悪能力持ちである。

『ばぁぁふぅぅぅっ！』

「ええい、凍りなさい！」

カミィラの凍結弾。

氷の弾丸が、廊下をぴょんぴょんと跳ねるゾンビパフーに直撃。そのまま床に打ち落とすのだが、この毛玉はすぐに動きだす。

ゾ・・・ゾンビ・・・ゆえに復活する。

カミィラの魔法だけでなく、超人型の部下が殴って蹴ってどんなに痛めつけようとも、このゾンビパフーは倒せない。

——これが『冥宮』モード。

変化したのは迷宮の見た目だけではない。

全モンスターがさらに凶悪な個体へと進化したのだ。

「ゾンビパフーは何度倒しても復活するし！　全然先に進めないじゃない!?」

「リーダー。俺ら救援チームのはずが帰還困難者の仲間入りですね」

「そんな分析求めてないわ!?　ああもうダークス！　あんたらが用事があるっていうから代わりに来たのよ！　これで帰還できなくなったら恨んでやるわ！」

マル＝ラ支部の筆頭使徒の名を叫ぶ。

ほとんど逆恨みだが、こうでもしてストレス解消しないと気がどうにかなりそうだ。

「こんな迷宮で一生を終えるのは嫌よっ！　私、今年こそ最愛の彼氏（ダーリン）と海デートしてバーベキューするって決めてあるのに！」

「まず彼氏を見つけるところからですね」

「おい今なんて言った？」

「何でもありませんリーダー！」

「ああもう誰か助けて！　通りがかりでも運命でも奇跡でもいいから！……そうよ、そういえばフェイは!?」

ダークスに続き、頭に浮かんだのは他都市の少年だった。

太陽神マアトマ2世との『太陽争奪リレー』戦以来、カミィラの中ではもっとも信頼の置ける男の一人である。

彼も救援チームとしてこの迷宮に来ているはず。

「ダークスはともかく！　フェイは今どこで何をしてるのよ!?」

「その通りだ！」

カツッ。

高らかに靴音を響かせて、黒コートの青年が通路の奥から登場した。

鈍色の銀髪に、意思の強さを感じさせる鋭い眉目の青年。そんな彼の姿にカミィラは自らの目を疑いかけた。

「ってダークス!?　あんたやっぱり来てたのね！」

「うむ。救援チームの二次隊としてな」

ダークス・ギア・シミター
その凜々しい風貌と強気なゲームプレイにより、遊戯の貴公子とも呼ばれるカリスマを備えた神秘法院マル＝ラ支部の使徒である。

「うちのダークスがお騒がせします」

彼の後ろから、褐色の少女ケルリッチがひょこっと顔を出す。

「私たちは先ほどダイヴしてきたばかりですが、迷宮を歩いていたら大きな悲鳴が聞こえたのでやってきました」

「……誰のせいで悲鳴を上げてると思ってるのよ」

本来ならば救援チームもこの男が選ばれるはずだったのが、彼は別件があったため、その代理でカミィラが選出された経緯がある。

平たく言えば——

こうして自分が苦労してるのも、ある意味この男のせいなのだ。

「……まあいいわ。正直合流できてほっとしたし」

ゆっくりと安堵の息をつく。

この広大な迷宮で味方と出会ったのは思いがけぬ幸運だ。と思いきや——

「カミィラよ。俺から一つ話がある」

「あら何よ？　そんな改まって」

意外な口ぶりにカミィラは思わず食いついた。

カミィラの知るかぎり地上最強の自尊心と自信を持つこの男が、こんな話の切り出し方をするのは珍しい。

「あぁわかったわ。さてはあなたも迷宮で迷子になってたわけね。心寂しくなった時に、この私という強力な仲間を見つけてほっとした。それで一緒に——」

「フェイを見なかったか」

「……は？　いや別に見てないわよ。会ってたらこんなとこで迷ってないし」

「そうか邪魔をしたな」

ダークスがくるりと反転。

「いくぞケルリッチ。俺にはわかる。奴との宿命の交差点はもう目の前だ」

「そういって五時間くらい迷ってますよね私たち」

「――ってちょっと待ちなさい――っ!?」

颯爽と歩きだす青年に向けて怒鳴る。

「そこは！　この私を見つけて幸運だって、一緒に行こうって声をかけるべきじゃないの。ていうか攻略手伝いなさいよ！」

「無論そのつもりだ。俺も未帰還者の救援には全力をつくす。が……」

ダークスが振り返った。

絶対の確信を得ていると言わんばかりの、力に満ちた表情で。

「俺と奴は遊戯の運命に導かれし好敵手。世界のどこにいようと自ずと巡り合うだろう。だが俺は、運命とは自ら切り拓くものだと考える」

「……というと？」

「運命によって引き合わされずとも、俺は、俺自らの足で奴を見つけ出す。これぞ俺の流儀！　行くぞケルリッチ、栄光の勝利の街道を！」

「だからどこいくのよ――っっ!?　攻略手伝いなさいってば!?」

カミィラの制止もむなしく。

黒コートをなびかせ、遊戯の貴公子は迷宮という名の勝利の街道を進むのだった。

2

処刑場にて。

「……ん？」

「フェイさんどうしました？」

「いま聞き覚えのある声に名前を呼ばれた気がしたけど、まあ気のせいか……」

ここは再開始(リスポーン)地点。

処刑場を見回しても、ここにいるのは自分たち五人だけ。

「あ、そういやウロボロスもそういう判定なんだな」

「？」

名前を呼ばれた銀髪の少女が、ふしぎそうに見返してくる。

「何がだい人間ちゃん？」

「このゲーム。仲間一人でも死亡扱いになるとチーム全員が再開始(リスポーン)だからさ。ええと……誰かがミスしても怒らないでくれってこと」

「ふふん？　まあいいよ」

そう答えるウロボロスは妙に弾んだ口ぶりで。

「しょうがないなぁ。我と人間ちゃんが仲間……まあ仕方ないね。我ってば本来なら滅多(めった)に仲間にできない超レア神なんだけど。ゲームシステム上そういう括(くく)りなら我慢してあげなくもないよ。いやぁまったくもぅ。人間ちゃんってば我のこと好きすぎだねぇ」

なぜかニマニマ笑顔。

フェイにはよくわからないが、どうやら神は上機嫌らしい。

『おかえりなさいませー』

そこへ出迎えの端子精霊。

『おっ、また一つ攻略が増えましたね！　廊下の途中にあった唐辛子ボタン、あれも迷路に仕込まれた立派な罠ギミックです。あれを押したことで皆さまの解放値が6・5パーセントから6・6パーセントに上がりましたよ！』

「ほんとどうでもいい数値ですね!?」

『完全攻略目指して頑張ってください。何かご質問は？』

「親切だな・・・」

フェイのその言葉の真意は――

おそらくは端子精霊さえ理解できなかったに違いない。

「俺たちが全滅するといつも出迎えて、労って、質問まで受けつけてくれる」

『もちろん！　我が主神から与えられた使命ですから』

「既に死んだっていう創造主か？」

『はい』

「わかった。ひとまず質問は無し。とりあえず挑戦二回目行ってくる」

処刑場の先へ。

廊下にモンスターの気配がないことを確かめてから。

「現状、迷宮の見た目が変わってるのは気にしなくていい。それよりも――」

ぐねぐねと蠢く壁と天井。

それを一瞥し、フェイは正面に向き直った。

「『冥宮』モードでモンスターが入れ替わってるのがやっぱり厄介そうだ」

早くも三体の敵と遭遇した。

ゾンビパフー、ぷいぷい精霊、天使ピザプリン。

いずれも前回は遭遇しなかった敵だ。

……厄介なのは、モンスターがどいつもこいつも面倒臭くなってることだ。

……モンスター同士が繋がってる。

ゾンビパフーの胃液を浴びていると天使ピザプリンが激怒。

敵同士の結びつきが強まっている。

「あの宝物庫が次の目的地だとして、扉を開けるには鍵がいる。で、そこにはあの長ったらしい名前の天使がいる」

「ピザプリンですね！」

「……まあ本人が良いって言ってたしな。あの天使ピザプリン、宝物庫前までに何かしらの罠ギミックに引っかかってると怒るイベントモンスターだよな」

唐辛子スプレーの噴霧ボタン。

ゾンビパフーの臭い胃液もだ。

汚いだけで無害に思えたあの罠が、実は、間接的に即死攻撃に繋がっている。

「ならばゾンビパフーの胃液を避ける、ですね！」

パールが挙手。

それを横目で追いながら。

「一つ正解。じゃあパール他には？」

「さっきの唐辛子スプレーの噴霧ボタンも無視します。仕掛けと思しきものは全部回避がいいと思います！」

「二つ正解。もう一つ」

「え？　あ、あともう一個ですか……ええと……」

「ぷいぷい精霊か！」

パールの答えより先に、ネルがハッと目をみひらいた。

「あの精霊が持っていた鈴がやけに響いていた。あれが仲間を呼び寄せる合図だとすれば、まずは奴に見つからぬこと！」

「ああ。それが一番の肝になると思う」

しゃらん……

そう言ったそばから、通路の後方から再びあの音が。

「まずい!?」

「走れ！　そこを右だ！」

十字路を大急ぎで右折して身を隠す。

攻略が変わった。

敵を倒すのではなく潜伏すること。今までは力ずくの攻略も許されていたが、より知恵を絞らなければ進めない遊戯に進化したのだ。

「……はぁはぁ……見つかっちゃいけないってハードル高すぎませんか!?」

「ぷいぷい精霊の足音は消えたようだ」

十字路の角から様子を覗うネル。

「やはり私が先頭で行かせてもらう。皆は一歩後からついてきてくれ」

ネルが口火を切って歩きだす。

一歩一歩、慎重に。

前回の失敗を踏まえて極力モンスターに見つからぬよう、物陰に隠れながらの進行だ。

「ど、どうですかネルさん？　モンスターがいたらすぐ教えてくださいね！」

「……モンスターではないが怪しい音がする」

聞き耳を立てるネル。

「滝の音だ」

「滝ぃっ!?　なんで迷宮のなかで滝の音がするんですか!?」

水しぶきの音は、十字路の左側から。

先ほどはここを慌てて走り抜けたため気づかなかったが。

「フェイ殿、どうする？」

「仕掛け(ギミック)はすべて見ておこう。罠(わな)であってもやり直せるしな」

失敗を恐れてはいけない。

滝の音が罠なのかそうでないのか。端子精霊(ミイプ)が言うようにたとえ死んでも経験知を得ることが、この遊戯の攻略に繋(つな)がっていく。

ざぁっ……

廊下を進むにつれ、明瞭さを帯びてくる滝の音。

徐々に飛沫(しぶき)の水気も感じ取れるようになっていく。ネルが音を頼りに通路を曲がるや、足を止めて頭上を仰いだ。

「本物の滝だ！」

轟々(ごうごう)とうなる水しぶき。

壮観と言えるほど莫大(ばくだい)な水が天井の穴から流れ落ちていた。滝の水はその場に溜(た)まり、溜まった水が大きな湖を形成している。

まるで本物の大瀑布(だいばくふ)だ。

「いたって自然な滝だよな？　しかも水も透明で綺麗(きれい)そうだし……」

「ねえフェイ！　あそこ！」

レーシェが滝壺を指さした。

膨大な水しぶきの向こうに、金色の箱のようなものがうっすらと覗える。

「……宝箱か？」

「もしかして宝物庫の鍵が入ってるのかも。わたし取ってこようかしら」

「大丈夫か？」

「うん！　わたしもそろそろ珍しい仕掛けに触ってみたいし」

レーシェが水しぶきに飛びこんだ。

ぽちゃんと湖の中に靴底が沈むが、幸いにして湖の深さはレーシェの膝元程度だ。

……意外だな。

……てっきり水棲モンスターが飛びだしてくるかと思ったけど。

レーシェとて警戒は必要だ。

ゲーム開始の難易度選択で『ＰＭＤ』（『Player Must Die』）を選んだことで、レーシェの強さは一般的な人間レベルにまで落ちている。

水棲モンスターには十分な警戒が必要……が、何も出てくる気配がない。

「もしや怖がらせるだけ怖がらせて、実は何もないっていう仕掛けです？」

「……そのようだな。滝壺に隠された宝箱を発見できれば攻略達成か」

パールとネルが見守るなか、レーシェがあっさりと滝壺に到達。

水しぶきで髪を濡らしながら宝箱を持ち上げる。

「手に入れたわ！」

「完璧ですレーシェさん、運んできてください！」

パールが手招き。

いかにも重要なアイテムが入っていますとばかりに輝く黄金の宝箱だ。慎重な手つきでレーシェが運び、皆の見ている前で床に置く。

「宝物庫の鍵が最有力ですよね！」

「わからんぞ。超貴重な制作(クラフト)アイテムか、その素材アイテムの可能性もある」

「夢が広がります！　ささレーシェさん開けてください！」

レーシェの手が宝箱の蓋に触れる。

そのまま一気に蓋を持ち上げて、そこに全員の目が集中して――

同時に。

全員の目が点になった。

「……ええと何ですかこれ。布？」

パールが恐る恐る宝箱を覗(のぞ)きこむ。

入っていたのは宝物庫の鍵ではない。かといって貴重な制作(クラフト)アイテムやその素材にも思えなかった。

入っていたのは花柄や紺色の布切れだ。

「……ハンカチでしょうか？　あれ、でも妙に立体的ですね」

「――――――――まさか!?」

「レーシェさんわかったんですか！」

「ええ！　間違いないわ！」

　レーシェが宝箱に手を突っ込んだ。

　その布を鷲(わし)づかみにして持ち上げて、それを全員の前で広げてみせる。

　二つの円形でできた防水性の布を。

「水着よ！」

「…………はい？」

「しかも五着！　わたしたち全員分が用意されてるなんて、なんて出来るゲームシステム。この胸の特大サイズはパール用ね！」

「そんなわけがありますかぁぁぁぁぁぁぁぁぁぁぁっっっっっ!?」

　顔を真っ赤にしたパールが、レーシェから渡された水着を勢いよく床に叩(たた)きつけた。

「なんで水着が!?」

「ここで水浴びしてもいいわよってことね」

「冗談じゃないですぅぅぅぅっっ!?」

　パールがぜぇぜぇと息を荒らげる。

「迷宮の中に滝だなんてド派手な仕掛け(ギミック)があって！　さぞ怖い水棲(すいせい)モンスターがいるだろうとドキドキしてたのにいないし、そのうえ宝物庫の鍵だと思ったら水着とか……この神さまはどれだけ人間（プレイヤー）をおちょくれば気が済むんですかぁぁぁぁっっっっっっっ！」

「水着って撥水性（はっすいせい）よね。ゾンビパフーの胃液を弾（はじ）く効果が――」

「ありませんってばレーシェさん！　だって見てくださいこのアイテム説明」

　アイテム名「水着」。

　アイテム説明「制作（クラフト）不可。滝に入る時に使えるが別に着なくてもいい」。

　あまりにも拍子抜けな結果である。

「引き返しましょう。さあネルさん。ここはただの嫌がらせエリアですよ」

「……そのようだな。気を取り直して進むか」

　この道は滝で行き止まり。

　曲がってきた道を引き返し、今度は右の角を曲がって進んでいく。

　……ルートは三択だ。正面と左右二つ。

　……正面の道が宝物庫行き。左の道が滝だったから、残るは右（ここ）。

　宝物庫の鍵があるとすれば右（ここ）。

　だが何か引っかかる。

　消去法で考えて扉の鍵が右（ここ）にある？　否（いな）。そんな消去法ごときで正解にたどり着けるほどこの遊戯は甘くないはずだ。

「むっ!?　止まれ！」

　ネルが制止の合図。

鋭いまなざしで彼女が見つめるのは、壁に規則正しく並ぶ絵画である。ただの絵画ではない。そこに描かれているのは真っ赤なリンゴ。

「……これは!?」

パールの表情が青ざめた。

この迷宮を訪れた人間ならば誰しも見覚えがあるだろう。この迷宮のリンゴはただの果物ではない。数多の人間の血が染みこんだ殺人リンゴである。

その絵画が廊下にずらりと――

「読めました！　皆さん、この絵に近づいてはいけません！」

パールが吼えた。

何十枚もの絵画が並ぶ通路の左側から離れて、窓側へと身を寄せる。

「この絵に近づけば、必ずや画板を突き破って本物の殺人リンゴが飛んでくるはずです。ただの絵に描いたリンゴではありません！」

「おおっ。パールそれは良い警戒よ！　ありえる罠だわ！」

「でしょうレーシェさん！」

自信満々にパールが胸を張ってみせた。

そして自ら、画板がずらりと並ぶ廊下めがけて足を踏みだした。ゆっくり一歩一歩、慎重な足取りで廊下を進んでいく。

「パール気をつけろ。お前の言う通り、あのリンゴがいつ飛んでくるか……」

「お任せくださいネルさ――」

パールがネルに振り返る。

その一瞬。パールが絵画から目を離した瞬間に、バリッ、と画板を突き破って真っ赤なリンゴが飛びだしてきた。

パールの無防備な背中めがけて飛んでくる。

「パール後ろだ！」

「お任せをフェイさん。はぁっ！」

パールが身を投げだした。

身を屈めて一つ目のリンゴを回避。その勢いで床をクルンと一回転し、続けて飛んできた二個目のリンゴをも躱しきる。

「……はぁ……はぁ！　やはり予想どおりです！」

立ち上がったパールが、感極まった表情で拳を突き上げた。

「油断するなよ。まだ廊下を半分も進んじゃいない」

「はいフェイさん！　ですが……見て下さい。もはやこの廊下の仕掛けは見破りました。一流ゲーマーたるあたしに同じ仕掛けは二度通用しないのです！」

パールが両手を振って歩きだす。

先ほどと同じ要領だ。廊下の左壁にはリンゴの絵画が並べられているので、窓のある右壁に身を寄せて進んでいく。

「これならば！　いつリンゴが画板(キャンバス)から飛んでこようと十分躱(かわ)せます！」

　バリッ。

　二度目の強襲。抜き足差し足で進むパールめがけ、画板(キャンバス)を突き破ったリンゴが襲いかかる。が、もちろんこれも想定済みだ。

「甘いのです！」

　パールが華麗に跳躍。

　窓側に飛び退(との)くことでリンゴを回避。既に一度見ているから余裕がある。

「ふ……諦めるのですね殺人リンゴ」

　もはやパールは、床に転がるリンゴを見下ろそうともしなかった。

　敗者に興味は無い。

　そんな圧倒的勝者のまなざしで、パールが見つめるのは何十枚と並ぶ絵画だ。

「攻撃は見切りました。ゆえにこれ以上の争いも無意味。故郷(くに)へ帰るのです、あなたにも家族がいるでしょう」

　ピシッ
　後方で何かがひび割れた。

　それはパールが密着する壁の、その窓ガラスがひび割れた音で――

「危ない！」

「え？」

パリンッ！

窓を突き破って外から飛んできた殺人リンゴが、狙い違わずパールの後頭部に炸裂した。

「……ぐはぁっ⁉」

リンゴを後頭部に受けてパールが悲鳴。

うつぶせに転倒――再開始か？　フェイたちがそう思い浮かべる前でパールがよろよろと起き上がってきた。

「あ、あいたたた……頭が割れるかと思いました……」

「パール無事か⁉　私はてっきり再開始かと」

「い、いえ……どうやらこのリンゴにも『冥宮』モードの影響があったようです」

パールが後頭部に手をやった。

髪にくっついているリンゴの破片をひょいと摘み取る。

「熟しすぎて腐ってたんです。パフーがゾンビパフーになったように、この殺人リンゴも腐ったリンゴになっていて……それであたしも助かりました」

「パール、まだリンゴくっついてるぞ」

バラバラに砕けたリンゴの破片が、パールの後頭部にくっついている。

それを取ってやりながら。

「リンゴが飛びだす仕掛け、絵に注意を向けさせつつ本命は窓から飛んでくるリンゴか。ほんと期待を裏切らないよなこの迷宮」

「そんなの期待しないでください!?」

後頭部をさすりながらパールが嘆息。

窓から二個目のリンゴは襲ってこないか。絵画からもさらに飛んでこないか。そう入念に確かめて。

「……ふぅ。敵ながら見事な策略ですが、あたしを倒しきるには威力が足りなかったようですね。かつての殺人リンゴも、腐ってしまってはへなちょこですか」

気を取り直して歩きだす。

と——そんなパールの頭上で、突如として天井に光が満ちた。

『おや迷い人ですか?』

降下してくる天使型モンスター。

その見覚えある姿に、フェイたちは一斉に後ずさりした。

「天使ピザプリン!?」

バカな。

宝物庫の前にいるはずのイベントモンスターが、なぜここに。

『私はこの迷宮でもっとも愛情豊かで慈悲深く、迷える者の救済に定評があります。迷える者たちがいればどこにいても駆けつけますよ』

天使がにっこり。

『そして私は幸運の使者。あなたたちの助けとなる願いを一つ叶えてさしあげましょう。

さあ願いを何でも言ってみなさい』

ざわっ。

天使の言葉に全員が身構えた。先ほどこの台詞の後に全滅させられたばかりである。

「あ、あの……ピザプリンさん？」

パールがおずおずと天使を見上げる。

「本当にですか？　さっきそう言って全滅させられましたけど……本当に、今度こそ願いを叶えてくれます？」

『もちろんです』

「な、ならば宝物庫の鍵の在処を教えてください！」

『はっはっは。何とたやすい願いでしょう。ならばさっそく――』

天使が杖を振り上げる。

が。天使はそこでピタリと動きを止めた。こちらをじーっと見下ろしたまま、その形相がみるみる険しくなっていく。

『……なんと不潔な』

既視感。

ついさっきもコレと同じ光景を見た覚えがある。

「あー。嫌な予感がしてきた」

「そんな!?　で、でもあたしたちぷいぷい精霊に見つからないよう逃げてきたじゃないですか。ゾンビパフーの胃液も受けてないのに⁉」

『そこのあなた！』

天使が指さしたのは金髪の少女だった。

「あたしが⁉　あたしのどこが不潔なんですか！」

『後頭部を見るのです』

「え？……あ、あああっ⁉」

パールが青ざめた。

いま自分の後頭部は、腐・っ・た・リ・ン・ゴ・の・果・汁・ま・み・れ・に・な・っ・て・い・る。

殺人リンゴから生還した……そうほっとしたのも束の間。ゾンビパフーの胃液と同じく、
この「腐った液」も天使の粛正対象だったのだ。

「ま、待ってピザプリンさん！　これは違――」

『美しき魂で生まれ変わりなさい！』

杖が発光。

天使の『浄化の光』
後頭部が穢れし者パールは消滅した。（※ゲーム内テロップ）

視界が暗転。

そして再開始。気づいた時には、フェイたち五人は処刑場に戻っていた。

『おかえりなさいませー』

「………………」

「………………」

「だぁぁれが穢れし者パールですかぁぁぁぁぁっっっっ！　あの天使っっっ！」

パールが地団駄。

「あたしのシャンプーは特注のアプリコット果皮エキス配合の高級品ですよ。あたしの後頭部は良い匂いなのにぃぃぃっ！」

「……あの天使、出現条件でもあるのか？」

独り言のように呟くネルが眉をひそめる。

「前回が宝物庫、今回は廊下。もしや最初の出現がたまたま宝物庫だっただけで、アレは迷宮のどこにでも現れるモンスターか？」

「他にもあるわよ。一定時間の経過で出会うタイプかもしれないし。それか宝物庫の前とあの廊下を行き来するタイプかも。攻略のし甲斐があるわね」

そう答えたレーシェが先頭を切って歩きだした。

かと思ったら、唐突に何かを思いついたのかその場で腕組みして。

「……あるいはパールの後頭部がよほど汚くて怒ったのかも」

「綺麗ですってば!?　なんで真剣にその可能性を検討してるんですか!?」

自分たちがすべきは、殺人リンゴが飛びだす絵画ゾーンを無傷で抜けること。

挑戦三回目。

「パール、私が先頭を代わるか？」

「いいえネルさん。ここで逃げだしたらあたしは一生負け犬です……もう一度、あたしに攻略させてください！」

パールが歯を食いしばって首を振る。

目指す先は再び、リンゴの絵画が並ぶあの廊下である。ぷいぷい精霊の出現場所は丁寧に迂回する。ここまでは順調だ。

「絵画に注意を向けさせながら、本命は窓から飛んでくるリンゴですよね」

「パール、足が震えてるぞ」

「だ、だから慎重に進んでるんですってば!? あたしの記憶が定かなら、画板を突き破ってリンゴが飛んできたのは八番目と十一番目の絵！ さらに窓からのリンゴは手前から四番目の窓でした！」

「おっ。パール凄いな。ちゃんと覚えてたのか」

先頭を自ら名乗り出るだけある。

ただし、リンゴが飛んでくる場所が一回目と同じとは限らない。

「パール油断はするなよ」

「はい。リンゴが無作為配置である可能性ですよね。飛んでくる場所がさっきと違うことも覚悟の上です！」

　一歩進んでは止まり、左右を確認。

　リンゴがいつどこから飛んでくるか。最大限に警戒しながら廊下を進んでいく。

　それを続けること数十歩。実に五十枚もの絵画からなる長大な廊下を、遂にパールが渡りきった。

「やった！　やりましたよ！　さあ宝物庫の鍵はどこに！………………あれ？」

　宝物庫の鍵は無かった。

　絵画ゾーンである廊下を進んだ先には曲がり角。その角を曲がった先には、見覚えある美しい銀色の扉がそびえ立っていた。

　――宝物庫。

　鍵がないまま再びここまでやってきてしまったのだ。

「どうして!?　あんなに苦労して絵画ゾーンを抜けてきたのに、宝物庫の鍵が見つからないまま宝物庫に着いちゃうなんて……!?」

　そこへ。

　三度、天井から光が差した。

『おや迷い人ですか？』

「天使ピザプリン!?……いや待て、これならば！」

　光の輪から降下してくる天使型モンスター。

その降臨に一瞬後ずさるネルだが、すぐさま平静を取り戻して。

「我々はあの腐敗液を浴びてない。つまりはだ……天使ピザプリン、お前は幸運の使者だと言ったな。願いを一つ叶えてやると」

『そのとおり。ただし清楚清潔なる者たち限定です』

天使がにっこり。

『見たところあなた方は誰一人として汚れはない。そんな日頃の清潔ぶりを評価してどんな願いも叶えてあげましょう』

遂に！

天使の言葉にフェイたちは拳を握りしめた。ゾンビパフーから身を隠し、あのリンゴの絵画ゾーンを無傷で抜けた甲斐があったのだ。

「願おう！　この宝物庫の鍵を……いや宝物庫の扉を開けてくれ！」

『いいでしょう！』

天使が杖を振り上げた。

が。

『…………………』

おかしい。

今の今まで笑顔だった天使が、杖を振り上げた姿勢でピタリと動きを止めたのだ。そればかりではない。その形相が次第に険しくなっていく。

「ど、どうしたのだ天使ピザプリン？　この通り私たちは清らかだ。見ろ。我々の服には汚れなど何一つ付いていていない！」

『……この臭い』

「え？」

『確かに服にも肌にも汚れは付いていていない。ですがこの腐った臭い……さてはあなた方、前世でゾンビパフーの胃液に触れましたね！　腐ったリンゴにも！』

「なにぃぃぃぃぃぃっ？」

「ちょっと待て、それまさか前回の全滅のことか!?」

　これは完全新パターンだ。

　再開始（リスポーン）によってすべてやり直し。だが人間側がそれまでの経験知を引き継ぐのと同じく、経・験・知・を・引・き・継・ぐ・モ・ン・ス・タ・ー・が現れるとは。

『臭う！　臭います！　あなた方は一度目でゾンビパフーの胃液をたっぷり浴びて、二度目は腐ったリンゴの果汁をたっぷり浴びたのですね！　たとえ再開始（リスポーン）しようともあなた方の身についた臭いは消えませんよ！』

「そんな無茶（むちゃ）な!?」

『身を清めて出直してきなさい！』

　天使の『浄化の光（ピュリファイ）』

穢れし者二名は消滅した。（※ゲーム内テロップ）

視界が暗転。

気づいた時には、フェイたち五人は処刑場に戻っていた。

『おかえりなさいませー』

「…………」

「…………」

誰一人として喋らない。

ある者は顔をしかめ、ある者は天井を見つめて黙考し、ある者は腕組み。

今までの再開始とは違う。

この状況は、ある種の詰みに近い。

「……なるほどね。これはちょっと考えなきゃな」

正直、フェイも十中八九これで「いける」と考えていた。

ゾンビパフーから逃れ、絵画ゾーンのリンゴもすべて避けた。攻略は完璧だった。それが、まさか再開始しても天使から「汚い」判定が出されるとは。

……一度でもミスしたらクリア不可能？

……だとしたら完全な初見殺しだ。神が俺らに攻略させるつもりがない？

そうは考えたくない。

とはいえ、この迷宮には攻略不能のバグがある以上、「ここで詰みです」という仕掛けがあることも否定しきれない。

この状況は詰みか？　それとも何か攻略法があるのか？

「あれ？　これ結構難問かも？」

レーシェが腕組み。

やはり自分（フェイ）と同じ思考に至ったのだろう。

「宝物庫が次の目的地だとしたら、①『宝物庫の鍵を見つける』か、②『天使に頼んで扉を開けてもらう』の二択よね。だけど①は鍵が見つからないし、②はゾンビパフーの胃液を浴びてるからダメ。……ってことは鍵を見つけ損ねてるのかしら？　どうフェイ？」

「俺も同じところで悩んでる」

まだ絞り切れていない。

試したいことも山積みだ。特に、次の三つの可能性——

検討一：宝物庫の鍵をどこかで見落としている可能性。

検討二：宝物庫の鍵がモンスター撃破の戦利品である可能性。

（ぷいぷい精霊、ゾンビパフー、天使ピザプリンのどれか）

検討三：そもそも鍵は存在せず制作（クラフト）で作るという可能性。

「ちなみにウロボロスは？　何か気になることあったか？」

「我かい？」

銀髪の少女が振り返った。

一瞬何かを考えたような素振りを挟んだかと思いきや、意味深な笑みを浮かべて。

「ふふっ。あの扉が開かなくて困ってるようだね」

「見当がついたのか！」

「ついてないよ！」

「紛らわしいな!?」

「だってさー。我ってば神だし。あの扉の仕掛けも見ようと思えば見れちゃうんだよね。でもそれはつまらない。真面目に考えようとしてるんだけど、ついついそういう事もできちゃうなあって考えると、なかなか集中できないんだよねぇ」

「……あー。カンニングできるもんなぁ」

受験勉強で喩(たと)えるならば。

フェイたちがテスト勉強に励むなか、神(ウロボロス)だけはカンニングし放題なのだ。

真面目に勉強する気はあれど、「いざとなったらカンニングできるし……」という心の余裕ゆえに今ひとつ真剣になりきれないのだろう。

「そんなわけで人間ちゃんに任せる」

「任された。じゃあウロボロスもこう言ってるし挑戦(テイクフォー)四度目行くか」

パンと手を打ち鳴らす。

「宝物庫を開ける方法探しだ。ネルとパールもそれでいいな？」

「…………」

「…………」

返事はなかった。

フェイが声をかけた少女たちが、二人とも別々に、何やらブツブツと小声で呟きながら天井と床を見下ろしていたのだ。

「あれ二人とも？　俺なにか変なこと言った？」

「……臭い……取れない……でも出直せって、それってもしや…………」

特にパールだ。

天使から「臭う」と言われた自分の後頭部に手をあてたまま、微動だにしない。

「パール？」

「――――っ！　わかりましたぁぁぁぁぁっっっっっ！」

突然だった。

この遊戯始まって以来最大の声量で、パールが天井に向かって吼えたのだ。

「解けました！　フェイさん、あたし宝物庫の開け方がわかりました！」

「……おう」

「何ですかその『また変なこと言いだしたな』みたいなやれやれ感」

「……いやだって、まだ選択肢を絞ろうにも絞り切れないしなあって」

今は可能性を列挙している段階だ。

それを片っ端から試行するのが最善手。まだ正解を見極められるはずがない。ヒントなど無かったはずなのだ。

・・・・・・・

「ヒントはありました」

ふわりと。

パールが悪戯（いたずら）っぽい笑みを浮かべて後ろ髪を跳ね上げた。

「フェイさん、髪は女の命なんですよ」

「？」

自分（フェイ）には何のことかさっぱりだ。が。

「わぁぁぁっっっっっっっっっ！」

今度はネルが叫ぶ番だった。

「わかった！　そうだ、さっきから何か引っかかってたんだ。今ので完全に理解できた。そう、そうだなパール！　髪は女の命だ！」

「ええ、間違いありません！」

パールとネルが意気投合。

一方で、ぽかんと顔を見合わせているのが自分（フェイ）たちだ。

今までで初めての攻略風景だ。自分（フェイ）とレーシェ、さらには神（ウロボロス）にもまだ解けていない謎が、パールとネルは解けたという。

「フェイ殿、ここは私とパールに任せてもらおう」

　ネルが珍しく声を弾ませて。

「フェイ殿が気づかぬのも無理はない。私たちと違って日頃意識する機会が少ないからな。そしてレーシェ殿と無敗殿も人間世界に降りて日が浅い」

「そう、あたしとネルさんの得意分野ですね」

　パールが処刑場の向こうを指さした。

　これで挑戦四度目。

　既に三度全滅しているにもかかわらず、その瞳には嬉々とした力が漲っていた。

「というわけで二手に分かれましょう。フェイさんたちは宝物庫の前で待っててください。あたしとネルさんは下準備を済ませてきます」

「下準備？　それなら俺も行くよ。手伝うことがあるなら――」

「だ、ダメですダメです！」

「……え」

「絶対来ちゃだめです。いいですね。あたしとネルさんだけです……き、来たら責任取ってもらいますよ!?」

　責任？

　はて一体なんの責任だろう？

「よくわかんないけど……ああでも気をつけろよ二人とも。ぷいぷい精霊とゾンビパフーに見つからないように」

「心配無用！」

「あたしたち見つかっても平気なんですよー」

「……はい？」

思えば、遊戯中にこんなにも呆気に取られた顔をしたのは初めてかもしれない。

隣のレーシェも似たような表情だが、そんな自分たちに背を向けてパールとネルがいそいそと廊下を駆けていく。

「二人とも自信ありそうだなぁ。あれ？　俺なんか見落としてたっけ？」

「この迷宮の良いところが出たじゃない」

レーシェがクスッと微笑。

「わたしとフェイだけで攻略できる難易度なんて求めてないわ。あの二人が『任せてください』って言えるゲームは、きっと良いゲームよ」

「……攻略は時間かかりそうだけどな」

微苦笑気味に頷いた。

レーシェの言うとおり。神々の遊びは本来こういうものであるべきなのだ。

自分もレーシェもネルもパールも――チームの誰もが知恵を尽くしてこそ勝利が見える。

きっとそれこそが良い遊戯なのだから。

一時間後。

宝物庫前の十字路。敵に見つからぬよう身を潜めて過ごすフェイたちに、パールとネルが合流した。

「お待たせしましたー！」

「遅くなって申し訳ない。下準備が……念には念を入れたら時間がかかってしまった」

そう言う二人の様子は先ほどとまったく同じだ。

外見も、それにアイテムも新しく何かを制作（クラフト）した様子もない。

「もう準備できたのか？」

「はい！　これで対抗策は整いましたです！」

パールが肩で風を切って歩きだす。

荘厳に輝く宝物庫の前で立ち止まり、大きく息を吸って宣言した。

「出てくるのです天使ピザプリン！」

『おや私を呼ぶ者がいますね』

光の輪から天使が降臨。

さあどうなる？　自分たちは三度も全滅させられている。パールとネルの対抗策とやらが本当に有効なのか。

しばしの静寂を挟んで――

『とても清らかですね』

天使がにっこりと微笑（ほほえ）んだ。

『これからもその心がけを忘れずに。さあ進みなさい』

天使が杖（つえ）をかざす。

ギィ……

荘厳なる宝物庫の扉が、ゆっくりと開いていくではないか。

「やった！　やりましたよフェイさん！」

「……おー。本当にやったなぁ」

開いた扉の先には眩（まばゆ）い光。

金銀財宝の類（たぐい）だろうか？　目も眩（くら）むほどの輝きに照らされながら、フェイは少女二人を横目で見やった。

「そろそろ種明かしをしてくれよ。あの天使への対抗策って何だったんだ」

「臭いです」

「汚れもだ」

口々に答えるパールとネル。

天井へと消えていく天使を見送って。

「見てのとおりあの天使は汚いものが嫌いでした。ネルさんはゾンビパフーの胃液を浴びたし、あたしは腐ったリンゴの果汁が染みついてしまった。だけどその臭いは再開始（リスポーン）しても取れなかったんです」

「ああ、だから別の手段を探そうって考えたんだけど」

「ダメです！」

ビッ、と指を突きつけられた。

とっておきの悪戯を思いついた子供のような笑顔のパールに。

「フェイさんの気持ちはわかります。でもね、あたしたちは女の子なんです。年頃の乙女として曲げられないわけですよ」

「はい？」

「臭いを指摘されて黙っていられると思いますか？」

「……ええと」

まだわからない。

パールは何を言いたいのだろう。

「見てのとおりあたしはあがり症だから……ちょっと汗かきですし、制汗剤や香水も気を遣います。髪のトリートメントも良い匂いのものを選んでます。でも結局、嫌な臭いがついた時に一番有効なのって――」

「入浴だ」

続くネルの二の句。

その一言に、ようやくフェイとレーシェは下準備の正体に思い当たった。

「水浴びか！」

「あの滝ね！」

十字路の行き止まりにあった意図不明の滝。

その滝壺には水着入りの宝箱があった。

「私とパールとで入念に臭いを洗い落としたというわけだ。古くから水浴びは身を清める行為としても知られているし、あの水着も役に立った。ちなみに私の水着はぴったりだったのだが……」

ネルがちらりとパールを見やって。

「パールだけは肉体のある部位が大きすぎたらしく、神の用意した水着さえキツいと言って裸で水浴びしたのだが、そんなパールの二つの頂の迫力といったらもう……」

「ネルさん⁉」

「凄かったのね！」

「気になるね！」

食いついた。

レーシェとウロボロスが、ここぞとばかりに食いついた。

「と、とにかく！」

パールがこほんと咳払い。

「どうですかフェイさん、ちょっとはお役に立てましたか！」

「――――」

「フェイさん？」

「・・・もちろん」

答えるのに迷ったわけではない。

今の率直な気持ちをどう伝えるべきか、自分の中で最高の言葉を探すのに時間が必要だっただけだ。

「パールとネルのお手柄だ。二人とも心強いよ、この調子で頼む」

「～～～～～～っっ！」

「～～～～～～～っっ！」

少女二人が、歓喜の笑顔で跳びはねた。

「やったです！」

「やったな！」

両手を突きだしてハイタッチ。

その勢いで宝物庫の方へと走りだす。天使が開けた扉を我先にと潜り、そこで二人から歓声が飛びだした。

「わっ！　宝石だらけです！」

「……なんと見事な部屋だ」

まず目に飛びこんでくるのは黄金の壁だ。

その壁に設置された燭台（しょくだい）は水晶製。足下は、雪が積もるように金貨の山になっている。

さらには白銀（プラチナ）でできた剣や盾が金貨に埋まっているではないか。

「あら。これが一番大きなお宝かしら？」

純銀製の獣の像を見上げるレーシェ。

高さ三メートル程だろうか。翼の生えた獅子（しし）像が部屋の中央に鎮座している。

「これをお持ち帰りしたら大金持ちですよ！」

目を輝かせるパール。

「フェイさん持って帰りましょう！」

「こんなデカいの持ち帰れないだろ。ああ……そういえば、この金貨とかポケットに入れておけば人間世界に持ち帰れるのかな？」

足下の金貨をつまみ上げる。

表は少女の顔、裏は……墓だろうか。奇妙な組み合わせの絵柄の金貨を指先でつまみ、ポケットに入れてみる。

そこへ——

「む。もう一つ目玉アイテムらしきものがあったぞ？」

ネルが王冠を拾い上げた。

白銀を台とし、中央に燃えるように赤く見事な紅玉が取り付けられている。その紅玉が何とも大きく煌びやかだ。

「見てくれフェイ殿、この紅玉を！」

「……へえ。ダイヤモンドは輝いてる印象だけど、紅玉もこんなに強く光るもんなんだな。現実世界じゃなかなかお目にかからないし」

「待った！」

そんなフェイとネルのやり取りに、ウロボロスが勢いよく割りこんできた。

「人間ちゃん、そんな紅玉より我の方が凄いよ！」

「我の？」

「我の眼だよ！　人間ちゃんに渡したやつ！」

神の宝冠『ウロボロスの眼』。

この場には持ちこんでいないが、ウロボロスの遊戯『禁言ゲーム』で紅玉色の眼を破壊することが勝利条件だったことは記憶に新しい。

フェイが与えられた『ウロボロスの眼』は、その戦いで砕けた欠片である。

「あー……もちろんアレも綺麗だけど」

「思いだしてよ人間ちゃん！　こんな王冠のちっぽけな紅玉なんか我の眼と比べれば有象無象だよ。まずこの輝きからして――――」

轟ッ！

王冠を指さすウロボロスの背後で、純銀製の獅子像が突如として立ち上がった。

生きている。

「は、はいいぃぃいっっっっっ!?」

「まさかこいつが二体目の大敵!?」


『我は聖域の番人スフィンクス。よくぞ訪れた、賢しき者たちよ』


スフィンクスの眼が光輝いた。

宝物庫を訪れたフェイたち五人を愉快そうに見回して。

『ほほう？　眠れる獅子めを倒したか。だが我は奴とは違う。なにしろ我は……見よ！

立ち上がって二足歩行ができるのだ！』

「心底どうでもいいですね!?」

後ろ脚だけで立ち上がるスフィンクス。

いよいよ二度目の大敵か。

誰もが身構えるなか、だが一人だけ、その登場に目もくれない銀髪の少女がいた。

「我の眼の輝きったら凄いんだよ！」

ウロボロスである。

この神は、自分の眼がいかに凄いかの説明で大忙しなのだ。

「光るだけじゃないんだよ人間ちゃん！　人間世界の紅玉なんてしょせんダイヤモンドより柔らかいし。我の眼の硬度はダイヤモンドのざっと一億倍！　もう硬さからしてこんなちゃちい紅玉なんか相手にもならないんだよ！」

「……お前、そんな硬い眼を撃破条件に使ってたのか」

「しかも我の眼はビームが撃てる！」

ギロリ、と。

スフィンクスの血走った目が、銀髪の少女を見下ろした。

『おいそこの娘。この偉大なるスフィンクスが見事な隠し芸を披露しているというのに、注目しないとは何事か』

「人間ちゃん、ビームを撃てる宝石がこの世にあるかい！」

「そんな宝石あったら宝石じゃないだろ」

「そのとおり！　だから我の眼が一番すご――――」

『許さん！』

獣の咆吼が、宝物庫を揺るがした。

床に積もった何千枚という金貨がその衝撃で浮かび上がり、水晶の燭台が次々と転がり落ちていく。

『貴様らごときすぐに踏み潰してくれよう。ひとたび我が戦闘モードに入れば全神呪無効、全アイテム無効である。この一撃で貴様らは――』

「うるさい」

背を向けたままのウロボロスが、降り下ろされた後ろ脚に軽く裏拳。

スフィンクスに９京６１９８兆３０８億７９９１万１９９９ダメージ。

スフィンクスを撃破した。


『ぬおぉぉぉぉっっっ!?』

壁に叩きつけられる巨体の獣。

「もうっ。我の話の最中だぞ子猫？」

やれやれとウロボロスが振り返る。

その時にはもう、大敵『スフィンクス』は再び動かぬ像に戻っていた。

「……あれ？　我またやっちゃった？」

反省の色なし。

そんな神が可愛らしく首を傾げる前で、銀色に輝く小鍵が空中に出現した。これが大敵の撃破アイテムなのだろう。

――アイテム『宝物庫のマスターキー』

――所持アイテム数が２から１００へ。さらに全滅してもアイテムを失わない。

「地味にめちゃくちゃ強いなっ!?」

このゲームでは、所持アイテムは一人二つまで。

制作素材のアイテムを二つ持ち運ぶだけで容量一杯だったが、これからはその上限が一気に開放される。

……今まで以上に強力なアイテムを多く作れるし、多く持てる。

……これで攻略の自由度が一気に膨らむぞ。

哀れスフィンクス。

これほど強力なアイテムを落とす大敵だ、本来なら眠れる獅子以上の苦戦を強いられる敵だったに違いないが。惜しむらくは相手が悪すぎた。

「……本当に倒してしまったのか」

「……あたし最近ゲームに苦労しすぎて、こんなに呆気なく攻略できるとむしろ罠を疑いたくなる性格になってきました」

「なに言ってるのさ尻ちゃん胸ちゃん！」

ウロボロスが二人の袖を引っ張って催促。

「早く攻略してもらわなきゃ困るよ。我のゲームが待ってるよ！」

「……それはわかっているが」

「……スフィンクスさん、本当はすごい強敵だったんでしょうねぇ」

「我の話の邪魔をするのが悪いんだよ！」

神がスキップ調で歩きだす。よほど足取りが弾んだのか、床を蹴った勢いで宝物庫の天井すれすれまで飛び上がり――

「おや？」

「え？」

異常。

真っ先に気づいたのは、天井に浮かび上がったウロボロス本人。続いてその動きを目で追って天井を見上げたレーシェだった。

ウロボロスが天井から降りてこない。

天井に頭が触れるギリギリの高さで空中浮遊。一言でいえばジャンプで最高点に到達した瞬間に固まってしまった状態だ。

「あのぉ無敗さん？　何してるんです？」

「無敗殿？」

「――――ふぅん」

銀髪の少女が嗤（わら）った。

今までの無邪気さから一転、触れてはならぬ神の逆鱗（げきりん）に触れた――

そんな底知れぬ迫力を湛（たた）えた笑みで。

「なーるほど。我が怖いと？　まあ我は無敗だし。でも神（ワレ）に干渉してきたことでお前たちも見えた。巨神像のカラクリもわかっちゃったし。ってわけだよ人間ちゃん」

ウロボロスがこちらを見下ろして。

「人間ちゃんの推測通り。この迷宮は攻略できる・・・・・・」

「っ⁉」

「そうでなきゃほら。我をこうして摘み出そうするワケがない」

排除？

それはどういうことだ。紛うことなき神のウロボロスに何かが起きている。自分が目で認識できるのはその程度でしかない。

「人間世界に先に戻ってるから。さっさとクリアして戻っておいで」

銀髪の少女がウィンク。

その全身が七色の泡に包まれて——「パンッ」と乾いた音を残して弾けた。

消えた。

泡ごと、神が。

「……………え？……え……あ、あの……ええと…………」

「…………何が……起きたのだ、無敗殿が……？」

呂律が回らないパール。

あまりに突然で思いもよらぬ怪奇現象を目の当たりにして、ネルさえなかば放心状態だ。

その困惑はよくわかる。フェイも同じ心境だからだ。

神（ウロボロス）が消えた？　消された？

人間世界に戻った？　戻された？

「レーシェ、今のは!?」

「たぶんゲーム外に飛ばされたわね」

即答ではあるが、そう答えるレーシェの口ぶりは軽くない。

「でもそんなのできるのかしら？　神に干渉できるのは神のみ。つまりこの迷宮を作った創造主ってことになるんだけど……ここの神って既に死んでるはずなのよね」

既に消滅した神が、ウロボロスを迷宮外に摘み出した？

そんなことが可能なのか？

「もう一個、気になること言ってたよな。巨神像のカラクリがわかったって……世界中のプレイヤーが一つのゲームに集められた。その理由がわかったって言うなら是が非でも聞かなきゃいけないけど」

「そうだ！　フェイ殿、一度我々も戻るのはどうだ？」

ネルがぽんと手を叩（たた）いた。

「無敗殿が人間の世界に戻ったというのなら、我々も処刑場のセーブポイントから帰還すれば合流できる。無敗殿から話を聞けばいい」

「それはアリかもな。ただ……」

もう一つ引っかかっている。

さっさとクリアして戻っておいで——裏を返せば「クリアするまで戻ってくるな」にも読み取れる。

「あの様子ならウロボロス自身は無事だろうけど、話を聞くのも確かに……ん？」

『引き返すなんて勿体ない！』

バタンと扉が開いた。

なんと処刑場にいた端子精霊が、この宝物庫までやってきたらしい。

『聖域の番人スフィンクスの撃破おめでとうございます。相当な強敵だったかと思いますが、まさかの一発クリアとは素晴らしい！』

「倒したの俺らじゃないけどな」

その本人ならぬ本神はゲーム外なのだが、端子精霊はそこまでは気にしないらしい。

『迷宮の踏破率も9パーセント、おめでたい！』

「それは本当におめでたい数字なのか？」

『遂にラスボスの登場です』

「一言前のセリフ意味ないな!?……ああそっか。迷宮を隈なく探検しなくたって最短ルートでたどり着いたならこんなもんか」

『皆さま、お進みください』

スフィンクスが守っていた扉は既に開いている。

真っ暗闇——端子精霊が指さした先は、確かに今までとは雰囲気が違う。光が一切ない。

完全に「黒」で塗りつぶされている。

『お客様四名ごあんなーい』

恐る恐る真っ暗闇に足を踏み入れる。

その途端、ガコッという音を響かせて足下の床が外れた。

「落とし穴かよ!?」

「ちょ、ちょっと聞いてません――――っっ!?」

落ちていく。

四人揃って迷宮のはるか地底へ、自由落下で加速し続けるまま落ちていって――やがて落下の方向に朧気な光が見えた。

地の底に光？

「ラスボスが待ってるってことは、この先が迷宮の一番奥か！」

「だ、だけどこの速度で墜落したらあたしたち潰れますぅぅぅぅぅぅっっっ！」

「心配性ねぇパール」

余裕の表情でレーシェが指を打ち鳴らした。

ふわり、と。

目に見えない空気の層に受けとめられた。落下速度が鈍化。気球が高度を下げるようにゆっくりと落とし穴を降下していく。

無限神との遊戯でも見せたレーシェの念動力。と思いきや。

「あ……」

レーシェがペロッと舌を出して。

「いっけなーい。今のわたしってば『PMD』モードだから力が使えないんだった」

「へ？　っていやぁぁぁぁぁぁぁぁっっっっ⁉」

落下が再加速。

安心しきっていたフェイたちは、再び猛烈な速度で落とし穴を滑り落ちていった。

──衝撃。

着地と呼ぶにはあまりに荒々しい墜落で、フェイたちは迷宮の最深部に辿り着いた。

「到着ね！」

意気揚々と振り返るのはレーシェただ一人。

その後ろで、残るフェイたち三人はふぅと安堵の息をついていた。あと少しでも落下の勢いが強ければ全滅判定だったに違いない。

「……腰と背中打ったけどな」

「……あたしもお尻を打ちました」

「……私も膝を打ったが、なんとか無事だ」

顔を上げる。

そこには、静寂の大広間があった。

——超広大な円形の闘技場。


壁も床も天井も、大理石のようなマーブル模様の巨岩でできている。

いったいどんな技術なのか。すべての岩は完全な立方体に加工され、岩と岩の繋(つな)ぎ目は、剃刀(かみそり)の刃も差し込めないほどぴったりと正確に接合されている。

神(ラスボス)を撃破すること。

この迷宮の勝利条件にふさわしい、壮大かつ広大な場(フィールド)と言えるだろう。

たった一つの欠点——

その神(ラスボス)がいないことに目を瞑(つぶ)るなら。


〝我、ここに眠る〟


闘技場の中央だ。

あまりにも目立つ位置に、高さ二メートルほどの小さなピラミッドが設置されていた。

その手前には木でできた看板が置かれていて——

〝攻略してくれる人間がいないので嫌になりました〟

『死ぬなぁぁぁぁぁぁぁぁぁっっっ⁉』

全力抗議。

フェイとレーシェとパールとネルの声が、美しいまでに重なった。

わかってはいた——

これ自体は予想できていたことだ。迷宮を攻略してくれる人間がいないことに絶望して
神は消滅してしまったのだと。

だが、ここまでノリが軽いとは。

「何なんですかこれは⁉　この、アレやコレをこじらせたような迷惑行為は⁉」

堪らずパールが吼えた。

つかつかとピラミッドまで近づいていって、思いきり拳を振り上げる。

「もう許せません！　ここに神さまがいるんですね！」

「ちょ、ちょっとパール⁉」

「あたしの怒りの拳で叩き起こします！」

ぱしっ。

なんとも可愛らしい打撃音を響かせて、パールの正拳突きがピラミッドの外壁に刺さる。

が、ピラミッドはビクともしない。

「〰〰〰〰〰いったぁぁぁぁっっっ！　くっ。ならばネルさん！」

「私もか⁉……で、では失礼する！」

続いてネルが跳躍。

独楽のごとく身をねじり、勢いをつけて後ろ回し蹴り。これも強烈な音を轟かせるが、ピラミッドは微動だにしない。

音は響くが、衝撃がすべて無効化されている。

「無理だパール」

ネルが弱々しく首を振る。

「眠れる獅子が全ダメージを1に軽減したのを覚えているか？　この手応えからして……神の墓は全ダメージを0にする絡繰りだろう。人間の力はむろん、レーシェ殿であっても外部からこじ開けるのは難しい気がする」

神の墓は絶対の聖域。

何人たりとも侵すことは許されない。

「無敗殿ならばどうにかできたかもしれないがゲーム外。いや、たとえ墓をこじ開けられたとしても神の遺体が見つかるだけ。それで何になる？」

「うっ……そ、それを言われると……」

パールが、大きく嘆息。

「……意味ないです」

「さてフェイ殿。ようやく話を聞く段階まで来た」

振り向いたネルが、小さく頷く。

「神(ラスボス)は死去し、その墓は見ての通り完全無欠に守られている。フェイ殿が言った神(ラスボス)不在により攻略不可能の状況であることは疑いようがない」

「ああ、俺もこの墓をどうこうするのは無理だと思う」

「これでも攻略できると？」

「攻略できるかはわからない。ただ、まだ何かできそうな気がするんだよな」

神の墓と立て看板には手がかりがない。

この闘技場もだ。大理石のような岩が光輝いているのは照明としての役目だろう。他に気になる特徴はない。

「ネルさ、端子精霊(ミイプ)の言葉ってどれくらい信じるべきだと思う？」

「……む？　というと」

「端子精霊(ミイプ)がチュートリアルで迷宮伝説を語ってくれたよな」


昔昔あるところに、迷路作りに熱心な神さまがいました。

神さまは、迷路の一番奥で人間が来るのをワクワクして待っていました。

……が、誰も迷路を攻略してくれず、神さまは退屈のあまり死んでしまいました。


「神が創造主(ゲームマスター)なら端子精霊(ミイプ)はルールブックだ。ゲーム上は絶対中立。だから俺は端子精霊(ミイプ)を信じて勝負したい」

「……フェイ殿、それはいったい何の言葉を指すのだ？」

「神(ラスボス)は死んだ。端子精霊(ミイプ)はそれを認めたうえで、わざわざこう付け足したんだ」


〝どんな困難も強敵も、知恵と勇気で切り開けることでしょう〟


どんな困難も乗り越えられる。

神が死んだことさえ何とかなるとしたら？

「で。ここからが俺の攻略法だ」

振り返る。

神(ラスボス)の墓に背中を向けて、フェイは三人の少女たちに宣言した。

「神(ラスボス)不在で攻略不可能だっていうなら、神(ラスボス)を復活させてから倒せばいい」

「なっ⁉」

「は、はいいいいいっっ⁉　なんですかそのとんでも理論⁉」

目をみひらくネルとパール。

その二人に挟まれて、レーシェが「あっ！」と手を打った。

「できる気がする。だってこの迷宮は『死と再生の迷宮』だもん。名前に注目して。『死』の後に『再生』する迷宮なのよ」

『あ――――――っっっ⁉』

パールとネルの二度目の絶叫。

二人もようやく気づいたのだ。

死で終わりではない。

この遊戯には、常に再生の概念が仕掛けられていたことに。

「そう。この迷宮は今の今まで誰も死んじゃないんだ。俺たちプレイヤーもモンスターも、
誰もが再開始（リスポーン）で公平に復活してきた」

迷宮のラスボスとして存在する以上、神もモンスターの扱いとなる。

ならば蘇（よみがえ）るはずなのだ。

神死亡につき攻略不可能のゲーム、その攻略法は――――


――神（ラスボス）を再開始（リスポーン）させてから倒せばいい。


ではどうやって？

神（ラスボス）を再開始（リスポーン）させるためには何が必要なのだ？

「コレなんじゃないか」

ちりん……。

フェイの掌（てのひら）の上で、真珠色に輝く鈴が透きとおるような音色で転がる。それを目にした
パールとネルが、二人同時に指をさした。

『黄泉がえりの鈴っ⁉』

そう、眠れる獅子は二つの戦利品を落とした。

一つはセーブアイテム『ライオンハート』。

そしてもう一つが用途不明のままだった『黄泉がえりの鈴』だ。


〝眠れる獅子の巨体がゆっくりと透けていく〟

〝大敵が消えた後には、真珠色に輝く戦利品『黄泉がえりの鈴』〟


「最初から引っかかってた。人間もモンスターも再開始するゲームで、なぜわざわざ復活用アイテムが用意されていたのか。人間側は一人でも死んだらチーム全員が即再開始だ。復活なんて使うタイミングがない」

「そっか。だからこの戦利品はモンスターに使うって推測できるんですね！」

「……その発想には至らなかった。さすがフェイ殿」

少女二人が感嘆の溜息。

残るレーシェもうんうんと話を聞いていて。

「わたしも賛成。もう一個満たさなきゃいけない条件がありそうだけど、『黄泉がえりの鈴』はたぶん間違ってないと思う」

「へ？　レーシェさん、それどういうことでしょう……」

「試してみりゃわかるさ。ほらパール」

　ひょいっと鈴を放り投げる。

　超貴重アイテムである鈴が、空中できらきらと輝きながらパールの手中に収まった。

「墓の前で鳴らしてみてくれ。運が良かったら神が蘇るかも」

「……復活したら即戦闘になりませんか？」

「なる」

「怖っ!?」

「いや大丈夫。たぶん戦闘にはならないから」

　レーシェは既に気づいている。

　ネルは訝しげに目を細めており、『黄泉がえりの鈴』を持ったパールは今ひとつ理解が及んでいない表情だ。

「と、とにかく鳴らしてみますね。――さあ神よ、復活するのです！」

　りぃいいいっっっ……

　死者の魂をも呼び起こす美しき音色が、死と再生の迷宮ルシェイメアに響きわたる。

　軽やかで涼やかな音が壁に幾度も反射。この心地よい重層的な波長が、墓の外壁を越えて「内側」にも伝わったことだろう。

　だが。

　神の墓には何一つ変化は起きなかった。

「ど、どうして!?」

「……悪い方の予想が的中か。これはいよいよ本気で取り組まないとだな」

「フェイさん!?」

「レーシェが言っただろ。『黄泉がえりの鈴』がキーアイテムになるのはおそらく正しい。だけど神が生き返る条件がまだ満たせてないんだ」

　言い換えるなら——

　神が死ぬに至った理由が残ったままなのだ。

「ネルに話を振るけど、神さまは何で死んだんだっけ」

「そ、それはこの看板に書いてある通りだろう。攻略してくれる人間がいないからだ！」

「ああ。だから——」

　足りないのだ。

「コレが足りてないんだ」

　その言葉とともに、フェイは自らの頭上を指さした。

　そこに浮かぶ11・9パーセントという数字。

「解放値だよ」

「まさかっ!?」

　端子精霊はこう言っていたのだ。

　この迷宮にかけた情熱を表す数値と言えるでしょう、と。

「墓の立て札さ。『攻略してくれる人間がいないから嫌になりました』ってメッセージ。俺にはこう読めた。『神に用があるなら完全攻略してみせろ』って」

攻略しきってやればいい。

この迷宮の攻略者が現れたと、有無を言わさず神を納得させるのだ。

「解放値100パーセントだ。この迷宮の全エリア踏破、全ギミック攻略、全ボス撃破、全アイテム取得。それで神は蘇る」

「はぁぁぁぁぁぁぁあっつっっ⁉」

「じょ、冗談ですよねフェイさん⁉　いくら何でもそんな無茶な⁉」

「やるしかないんだよ」

ゆえに自分は、自らに覚悟を課す意味でこう言ったのだ。

そろそろ本気で攻略するか、と。

——解放値とは、神を「墓から解放」するための情熱度。

目指すは神の再開始。

そのためには解放値100パーセント達成が要る。

「さっき端子精霊が言ってたのは嘘じゃなかった。俺たちが踏破したエリアは迷宮全体の一割。そして今の解放値が11・9パーセント。おおよそ数値が一致する」

「何千時間かかりますよ!?」

「……何万かもしれない。フェイ殿、本当にこれしかないのか?」

「全員でやる」

神の墓へと振り返る。

その前で両手を広げて、フェイは声を張り上げた。

「この迷宮を何百時間と彷徨(さまよ)い続けてる未帰還者が百五十人いる。俺らを含む救援チームが五十人。まずはこの二百人と片っ端から合流して情報共有するんだ。解放値を上げる仕掛(ギミック)けをすべて共有する」

「……なんと壮大な……」

「……ううっ。でもそれしかないんですよね……!」

「大きな躍進だろ?」

焦燥の息を吐く二人の前で、フェイは親指を立ててみせた。

「いま、このゲームは『攻略不可能』から『時間をかければ攻略可能』に変わったんだ。あとは人間側(プレイヤー)の情熱次第さ」

Chapter

Player.3 コンプリート・ゲーム

God's Game We Play

1

死と再生の迷宮ルシェイメア。

眠れる獅子(しし)の住処(すみか)であった処刑場は、いま人間側(プレイヤー)の再開始(リスポーン)地点に設定されている。

——再開始(リスポーン)は二つある。

一つは全滅した時の「やり直し」。

もう一つが、人間世界から二度目のダイヴによる「再スタート」である。

『お帰りなさいませー。皆さまのご帰還を歓迎いたします』

「……おう。もう二度と戻って来たくなかったけどな。フェイの奴(やつ)に全部背負わせるのも心苦しいし仕方ねぇ」

再びゲームに戻ってくるなり、大きく溜息(ためいき)。

チーム『猛火(ブレイズ)』隊長アシュラン。

そんな彼が、この処刑場に再開始(リスポーン)するや驚愕(きょうがく)の声を上げた。

「うおっ⁉」

広間を埋めつくす制作(クラフト)アイテムの数々。

レア装備アイテム「蜃気楼(しんきろう)の斧(おの)」「偽霊剣ヴィエルジュ」「滅びの王冠」「キングパフーのひげ」「天使ピザプリンの羽衣」「最終決戦用兵器メガリスロケット」

レア召喚アイテム「眠れる獅子の立体模型」「スフィンクスの立体模型」

レア消費アイテム「イカサマダイス」「?・?・?・?の血」「第Ⅲ級制限薬剤『鬼酒』」

レア素材アイテム「万能金属(オリハルコン)」「緋緋色金(ひひいろかね)」「世界種の羽」「亜竜爪(ドレイクネイル)」……

などなど。

「どれも激レアじゃねえか⁉　どんだけ時間かけて集めたんだよ」

アシュランがごくりと息を呑(の)む。

ここにあるアイテム一つ一つが、どれも並大抵の入手難易度ではない。

何十回という全滅を覚悟して倒せるかどうかのエリアボスを撃破するか、迷宮に仕掛けられた難所を突破するか。

「で？　肝心のフェイの奴はどこいった？」

「アシュラン隊長、こっちですこっち」

そんなアシュランへ。

巨大なバイオリンを抱えてフェイは処刑場に戻ってきた。

「来てもらって助かります。俺たちだけじゃ完全攻略はキツそうなんで」

「それはさておき、フェイそれ何だ？　演奏でもする気か？」

「奥のエリアボスを倒した戦利品ですよ。このゲーム、エリアボスを倒すと解放値が上がるので。どのボスも一度は倒しておきたいなって」

「いま何パーセントだ？」

「全員で34パーセントまで行きました」

解放値。

それが何を意味するのかは、アシュラン隊長にも既に報告済みだ。

——数時間前。

自分は一度、セーブを経由して人間世界へ戻ってきた。

神秘法院ビルの会議室にいたアシュラン隊長に声をかけ、完全攻略のための協力を依頼したというわけだ。

「100パーセントねぇ。話を聞いた時は冗談だろって思ったけどよ」

アシュラン隊長がしげしげと周囲を見回した。

「……本気なんだな」

収集された大量のレアアイテム。

さらには処刑場の壁に設置された巨大マップもだ。

制作アイテム「粘土板」。

これを何十枚も大量制作してパズルピースのように繋げ、そこに迷宮ルシエイメアのエリア情報を刻んだ「地図」も作成中である。出現モンスター、エリアボス、戦利品、迷路に仕掛けられた仕掛け（ギミック）。あらゆる情報を書き込んでいく。

その壁画をナイフ一本で刻み込んでいく、二人の男女。

「ねえラニオス。この北側エリア三階にレアモンスターがいたのよね？　名前と特徴と、あと戦利品（アイテム）は？」

「『踊る円月刀（ダンシングシミター）』だ。倒すとレアアイテムの万能金属（オリハルコン）を落とす」

「了解」

「那由他（ナユタ）、こちらの南側エリア地下一階の一番左側の十字路だが」

「そこは行き止まりだったわ」

「承知した」

岩のように筋肉質な大男と、くすんだ赤毛が印象的な女性。

鋼壁都市のラニオスおよび東亜都市の那由他（ナユタ）。どちらも両都市から選ばれた救援チームのリーダーで、フェイの完全攻略案に快く手を挙げた二人でもある。

さらに――

「エズレイズ遅いじゃない。東側エリアの攻略サボってたわね？」

「そりゃないよ那由他」

なんとも照れくさそうな笑顔で、凛々（りり）しげな金髪の青年がやってきた。

海洋都市フィッシャーラの代表エズレイズだ。

「東側エリア二階に落とし穴があったよ。そこが超入り組んだ迷路構造でさ。八時間かかったけど解放値が0・2パーセントも上昇したから記録しておいてくれ。迷路の構造は別の紙にメモしておいたよ」

「東の二階ね、了解」

青年（エズレイズ）からの情報を、那由他が粘土板に刻み込んでいく。

その一部始終を目の当（ま）たりにして――

「……すげぇ協力態勢」

「総力戦ですよ。この迷路で出会ったメンバーに片っ端から声をかけてるんで」

感心を隠しきれないアシュラン隊長に、フェイは微苦笑で応えてみせた。

「あと探索中で留守にしてるけど本部のキルヒエッジ隊長にも協力を要請してます。彼も快く応じてくれたので」

「へえ本部がねえ。……あ、そういや本部と言えばだ！」

アシュラン隊長がぽんと手を打った。

「お前らずっと迷宮にいるから知らねぇよな。その本部で動きがあったぜ。未帰還者がまだだいるってことで遂（つい）に連中が動いたとか」

「連中？」

「あいつらだよ。ほら本部筆頭チームの『すべての魂の集いし聖座（マインド・オーヴァー・マター）』！」

「……へえ、そりゃよかった」

現世界最強チーム。

それどころか史上最強とも呼び声高い四人組だ。

戦績は七勝一敗。そこには無限神(ウロボロス)のような攻略不可能と思われた神々の打倒も含まれる。

世界五大不可能が、今では三大不可能になったのも彼らの功績だ。

それを率いるのは聖ヘレネイア——

フェイとも大差ない十代の少女だという。

「完全攻略を目指すなら合流できるといいよな。俺より百倍頼れる連中だろうし」

「俺はアシュラン隊長を頼りにしてますよ」

「そうかぁ？」

「ってわけで作戦会議です。レアアイテムを入手したら片っ端からこの処刑場に持ってきてください。俺が預かっておくので」

フェイが取りだしたのは銀色の小鍵だ。

この戦利品(アイテム)が、完全攻略を可能にした転換点と言ってもいいだろう。

「『宝物庫のマスターキー』って言って、アイテムほぼ持ち放題です」

「やべぇなおい!?」

「しかも全滅してもアイテムを失わないんで。この効果も絶大です」

スフィンクスからの戦利品(アイテム)。

これによって危険な罠(わな)ゾーンも全滅を恐れず進むことができる。

「おいおい、超ウルトラレア戦利品(アイテム)だろ!?　いったいどこで手に入れたよ！」

「ゴール終盤の大敵(レイドボス)ですよ。俺らもウロボロスのおかげで……ああそうだアシュラン隊長。人間世界(むこう)でウロボロス見かけませんでしたか？　アイツだけゲーム外に放り出されたみたいで。無事だといいけど……」

「お前の部屋のベッドで寝っ転がってたぞ。事務長の目撃談で」

「俺の部屋⁉」

「冷蔵庫からアイスクリームも持ちだしてたな。エアコンもつけっぱなしで」

「無事どころか図々(ずうずう)しい⁉」

心配無用だった。

フェイが嘆息。そこへ――

「大発見よ！」

眼鏡(めがね)をかけた知的な風貌の女リーダーが、息を切らして飛びこんできた。

チーム『大天使(アークエンジエル)』を束ねるカミィラだ。

つい先ほどのこと。

大量のゾンビパフーに襲われたところをフェイたちが救出し、攻略チームの一員として参戦したばかりである。レアアイテムの制作(クラフト)やレアモンスターの撃破情報なども共有が済んでいる。

「北側通路の崩れかけてた壁よ。あれ壊したら隠し通路が出てきたわ。そこが新エリアに繋(つな)がってたの！　恐竜みたいな新モンスターがうじゃうじゃいたわ！」

「どうもですカミィラさん。ならさっそく向かっ――」

「大発見です――っ！」

続いてパールが飛びこんできた。

その両手には茶色の毛むくじゃらモンスター、パフーを抱きかかえている。冥宮モードでゾンビ化したはずの通常パフーをだ。

「あれ、そいつって……」

「復活させたんですよ！　ゾンビから元通りに！」

パフーをぎゅっと抱きしめるパール。

「あたしたちがゾンビパフーの胃液を浴びた後、その臭いを奥の滝で洗い流すことができたじゃないですか。だからもしかしてと思って」

「ゾンビパフーを滝で洗ってやった？」

「はい！　そうしたらほら、可愛(かわい)いパフーちゃんに元通りです！」

また一つ大きな手がかりだ。

やはりこの迷宮では、一見死んでしまったようなモンスターも必ず蘇(よみがえ)る仕掛けが巧妙に施されている。

「それだけじゃないわよ！」

「待たせたなフェイ殿！」

ネルとレーシェもそれぞれパフーを抱えて登場だ。

「すべてのゾンビパフーをパフーに戻すことで、パフーたちから感謝されて秘密エリア『パフーの郷（さと）』に案内されてきたわ！」

「うむ。キングパフーに謁見して解放値が一気に1パーセントも上昇した」

「もう行った後かよ!?」

フェイが現実世界に戻っていた頃だろう。

迷宮に残っていた仲間三人も着実に攻略を進めていたのだ。

「キングパフーから感謝の証（あかし）として『パフーの紋章』を手に入れたわ。これで全パフーから敵視されずに探索できるみたいよ」

「俺もパフーの郷行ってみたかったな……まあ、ってわけでアシュラン隊長」

振り返る。

興味津々（しんしん）にレア制作（クラフト）アイテムを手にするアシュラン隊長へ。

「俺らはこんな感じで進めてます。できれば隊長にも協力してほしくて」

「わーかった。付き合ってやるよ」

アシュランがやれやれと苦笑い。

「まあ任せとけ。伊達（だて）に百時間以上もこの迷宮で未帰還者やってねぇからよ」

2

神の迷宮ルシェイメア——

ここに用意された解放値の仕掛け（ギミック）は、およそ数百から千だろう。それは解放値のスコアが小数点一桁であることから推測できる。

レアアイテムの発見と制作（クラフト）。

レアモンスター（天使ピザプリン等）の特殊イベント。

エリアボス（ゴールデンパフー、ダークパフー等）の撃破。

大敵（レイドボス）（眠れる獅子（しし）、スフィンクス等）の撃破。

さらに通常モンスターと思われたゾンビパフーさえ、滝で洗ってやるとパフーに戻るという隠しイベントが用意されていた。

「この隠しイベントが一番の難関よね」

コツ……四人の足音が迷宮に響きわたる。

その足音の最後尾にいるレーシェが、ふと思いついたように口にした。

「エリアボスって攻略は大変だけど、再開始（リスポーン）で挑み続ければ必ず攻略できる気がするの。解放値100パーセントの最大の難関って、隠しイベントをすべて見つけることじゃないかしら」

「あっ、それわたしも同感ですぅ」

クッキーを口にしながら頷（うなず）くパール。

先ほどのパフーの郷（さと）でもらったという『パフークッキー』。食べることでモンスターとの遭遇率がなぜか低くなる。

これで迷宮内の探索に専念できるというわけだ。

「あたしたちがゾンビパフーを滝で洗うのを思いついたのも偶々ですし、隠しイベント、気づかないで通り過ぎちゃったものも絶対ありそうですよね。人海戦術でどうにかできればいいんですけど……」

完全攻略のための顔ぶれは、現在六チーム。

フェイたち四人。

アシュラン隊長率いる『猛火』が十二人。

マル＝ラ支部のカミィラ率いる『大天使』が九人。

さらに迷宮をさまよっていた未帰還者たちのグループを二つと救援チームを一つ発見。

彼らにも協力を頼んでいる。

「お。フェイ殿ここではないか？」

処刑場の北側通路。

ネルが指さしたのは何の変哲もない廊下の壁だ。自分たちが今まで素通りしてきた壁に、今は大穴が空いている。

「カミィラの配下が『インチキ方位磁石』を制作し、それで見つけた隠し通路だ。新エリアに繋がっているらしい」

「なるほどね。特定のアイテムでないと発見できない隠し通路か」

大穴を潜り抜ける。

そこには——不気味に脈打つ壁ではなく、見渡す限りの森林が広がっていた。

熱帯雨林のごとき広大なジャングルが。

「……ここ迷宮の中ですよね？」

「そういう常識が通用しなくなってきたな。あれ、ここは冥宮モードじゃないんだな？　葉っぱが瑞々しいし」

新緑色の木々。

鳥は歌い、花が咲き乱れ、その花に蝶が止まる。

久しく忘れていた心安まる景観だ。

「ああなんかほっとしますねぇ。花の香りも芳しく、木々に実ってる果実もあんなに赤く立派に……立派に…………」

パールの足取りがピタリと止まった。

静止画のように動かなくなるかわりに、その頬をつっと一滴の汗が伝っていく。

真っ赤な果実。

この迷宮で奇襲の代名詞とも言える殺人リンゴが、自分たちの頭上を覆い尽くすほどにぎっしりと実っているではないか。

「殺人リンゴの森か!?」

「ヤバい、後退だパール！」

「————いいえっ！」

飛び退くフェイたち。

だが先頭のパールは引き下がらなかった。拳を握りしめ、頭上を埋めつくす殺人リンゴを睨みつけて。

「望むところです。今まであたしは死角からの奇襲にやられてきた……ですが頭上にこれだけ実っているなら、逆に一切油断することはありません。油断を突かれぬかぎりあたしの空間転移で避けられます！」

「おおっ⁉」

「さらに！　今までの傾向からして、この何千という殺人リンゴも実際に襲ってくるのはせいぜい一割でしょう。それだけを徹底的に警戒すればいいのです！」

パールが大きく足を踏みだした。

風にそよぐ真っ赤な果実を指さして。

「さあいつでも飛んでくるのです。二個ですか？　三個ですか？　何なら五個でもいいですよ。あたしには空間転移がありますから！」

パールの空間転移は距離三十メートル。

たとえ全方位から隙間なくリンゴが飛んでこようと、三十メートル後方まで一気に逃げてしまえばいい。

「ふっ……来ませんか？　そうですよね。しょせん不意打ちしかできないでしょう」

勝者の笑みをうかべるパール。

ざわっ。

殺人リンゴの森に一際強い突風が吹きこんだのは、その時だった。

赤い果実がふるえだす。

一つや二つではない。木々に実っていた何千というリンゴが一斉に。

「……え？」

ボッ！

大砲さながらの轟音で、機関銃さながらの弾幕で。

森に実るすべての殺人リンゴが一斉に降ってきた。

空間転移の射程距離三十メートルどころか、百メートル先まで埋めつくす無数の殺人リンゴが押し寄せて――

「パール、お前が挑発するからっ！」

「あたしのせいじゃないですよぉぉぉぉっっっっっっ!?」

隠しエリア『赤き果実の森』。

そこに踏み入ったフェイたちは、死に物狂いで逃げだしたのだった。

═

時同じく。

フェイたちが殺人リンゴの森に到着した頃。

アシュラン率いる『猛火（ブレイズ）』とカミィラ率いる『大天使（アークエンジェル）』の連合チーム、あわせて二十一人も迷宮の探索を続けていた。

処刑場から後戻りした分岐路――

開かずの扉を制作（クラフト）アイテム「ミスリル銀の小鍵」で解錠した先にある長い一本道だ。

どれほど長い道かというと、終わりが見えない。

百メートル走どころか持久走ができるような長さの一本道である。

「ここか？　あの天使ピザプリンが言ってたのは」

「ええ。『私たちが戦ってないエリアボスを教えてちょうだい』って願いを言って、その結果がここの一本道よ」

アシュランの問いに頷（うなず）くカミィラ。

天使ピザプリン――フェイたちが「宝物庫を開けてくれ」と頼んだように、あの天使は「一チームにつき一つ願いを叶（かな）える」力を持っている。

その願いで教えてもらったのだ。

「あの天使な……俺が『神を蘇（ラスボス よみがえ）らしてくれ』って頼んだら『その願いは私の力を超えてます』とか断ってきたんだが」

「そう簡単にいくわけないわ。それはさておき、やっぱりおかしいわよ。この道！」

訝（いぶか）しげな表情でカミィラが振り返った。

眼鏡（めがね）のブリッジを押し上げながら。

「エリアボスがいるって聞いたからやってきたのに。もう何キロ歩いたの？　いったいどこまで私たちを歩かせる気かしら」

「いや。どうやら終点（ゴール）らしいぜカミィラさんよ」

壁の突き当たりが見えてきたのだ。

真っ白い壁。道はそれで行き止まり。優に数キロ歩いてきたのに、ボスと遭遇せずに道の終わりまで来てしまった。

「どういうこと⁉　さすがに異常よこの行き止まり……あら？」

カミィラが眉をひそめる。目の錯覚だろうか。ずっと先に見えていた壁がさっきよりも近い。喩（たと）えるなら壁の方から迫ってきているような——

「隊長、あの壁動いてます！」

アシュランの部下が喉を嗄（か）らして叫んだ。

「あの真っ白い壁がボスです！」

「何だって⁉」

それは巨大な消しゴムだった。

天井から床までを埋めつくす巨大消しゴムが、押し迫る壁となって廊下を爆走してこちらに迫ってきていたのだ。

「嘘（うそ）だろ、あれがエリアボスだってのか⁉」

懐から制作（クラフト）アイテム『百科眼鏡（めがね）』を装着。

そのモンスター情報を解析し――

エリアボス『キング消しゴム』

あらゆる物質と攻撃を消去してしまう強敵。触ると「消される」ので逃げろ。

「凍結弾（フロストバイト）！」

ぱすっ。

カミィラの放った弾丸が、キング消しゴムに触れた途端「消去」された。

「クソやべぇボスじゃねえかっ!?　全員逃げろ！」

「あんなふざけた名前と外見でなんて強さなのっ!?」

全員がくるりと反転して大逃走。

その背中めがけ「ゴゴゴゴゴッッッ！」と、壁と天井をまさしく消しゴムで削るように消去しながらキング消しゴムが迫ってくる。

「怖すぎるっっ!?　下手なホラーの百倍怖いぞおい!?」

「こいつどうやって勝つのよ!?」

そして全滅。

再開始（リスポーン）を挟んで再挑戦し、さらに再挑戦を重ねて――

「カミィラ隊長。こいつ俺らを追いかけてるうちに小さくなってきてませんか？」

「へ？」

「こいつ消しゴムだし。床とか壁を削ってくうちに自分も削れて自然消滅するかなって。一回目で思ったんですが」

「なんで四回全滅するまで言わないのよ――――――――っっ⁉」

その二時間後。

敵が完全に擦りきれて消滅するまで逃げ続けて、アシュラン・カミィラの合同チームは難敵を見事撃破したのだった。

3

神を墓から解放する「解放値」。

この広大な迷宮に、いったいどれだけの仕掛け（ギミック）が施されていたことだろう。

凶悪極まりないエリアボス、理不尽を極める大敵。

何千に及ぶアイテムの中には制作（クラフト）でしか作れないレアアイテムが存在し、そのアイテムを所持していないと見つからない隠し通路が存在する。

……いったい。

……現実世界でどれだけの時間が経過したことだろう。

フェイたちを含む計六チーム、総勢五十人。

誰もが血眼（ちまなこ）で迷宮の隅々までも探検し尽くしてきた。

そして遂に――

全エリア踏破。全アイテム収集。全ボス・モンスター撃破。

解放値99・9パーセント。

「……疲れた……もう俺は動けねぇ……」

「……精根尽きはてたわ…………あと……何が残ってるの……」

処刑場にぐったりと横たわるアシュラン隊長とカミィラ。その周りでは部下たちも同じように真っ白に燃えつきて倒れこんでいる。

そこへ――

パールが息を切らせて飛びこんできた。

「フェイさん、最後の仕掛けを見つけました！」

「本当か⁉」

「こっちです、レーシェさんが片っ端から迷宮の行き止まりを壊してたら偶然に！」

「完全に力業だな⁉」

パールに連れられて迷宮の奥へ。そこでネルとレーシェが立っていた。

「フェイこっちよこっち！」

「この祠だ。祀ってあるのがサイコロというふしぎな場所だが……」

迷宮の壁を破壊した先のわずかな空間。

そこには祭壇らしき場があった。

——苔(こけ)むした石を積み上げた祠(ほこら)。

奉ってあるものは大きな石皿と石のサイコロが六つ。ただしサイコロは馴染(なじ)みのある六面体ではなく、1から24までの数字が刻まれた二十四面体だ。

「二十四面体ダイスが六個か。よくある六面体じゃないのが気になるな」

「フェイ、こっちに石碑があったわ！」

祠の裏からレーシェが手招き。直径一メートルほどの石碑には、たった一言あまりにも単純明快な「お題」が刻まれていた。

——すべてを一に(オールフォーワン)せよ。

最後は運試し。

二十四面体ダイスが六つ。すべて一の目を出せ。

「って、どんな確率だよ⁉」

苔むした石製のサイコロを見下ろすネル。

「二十四面体ダイスだぞ。特定の目が出る確率を約四パーセントとして、それを六個繰り返すからええと……」

「六乗なら約0・0000004096パーセントくらい？」

レーシェが即答。

「単純計算で二億回くらい必要ね。五秒に一回挑戦すればまあ十億秒よ」

「……レーシェさん？　十億秒って時間換算でどれくらいです？」

「三十二年」

「単位がおかしいですってば!?　それ睡眠時間とか考慮外……っていうかそういう話じゃないくらい非現実的にも程がありますってば!?」

「試しにやってみなさいパール」

「無理ですよ!?」

六つの二十四面体ダイスを見下ろし、うぅ……と尻込み。

「……こんな苔むしてる古いサイコロ触りたくないんですが……ああもう、えいっ！」

サイコロを握り掴む。

意を決して放った六つのサイコロが、ころころと石皿を転がっていって。
8、19、3、23、24、15。
「掠りもしないわね。六つもあるんだから最低五つは一を出してほしいわ」

「どんな無茶ですか!?」

「できるわよ」

石皿にあるサイコロ六つをレーシェが両手ですくい上げた。

五つを左手に。一個だけを右手に持って、それを石皿に放り投げる。

──1。

続いて二個目、三個目もさらに連続で「1」。

「え？　ど、どうして⁉」

「狙って出してるに決まってるじゃない。そういう投げ方してるもん」

サイコロ操作。レーシェほどの熟達者となれば、二十四面体ダイスでも特定の目を狙って振るのは可能である。
1、1、1、1、1。
次々と1の目が揃っていく。

「よ、余裕じゃないですかレーシェさん⁉」

「最後ね」

六つ目のサイコロ。

石皿の上を転がって1の目で止まる——異変はその時に起きた。1の目で完全に止まったはずのサイコロがぐらりと傾いて、半回転。

なんと「4」で止まったのだ。
1、1、1、1、1、4。
最後に別の目が出たので挑戦失敗。

「な、なんで⁉　いま明らかに1で止まったはずなのに……レーシェさんのサイコロ操作は完璧でしたよ！」

「完璧すぎたわねぇ」

レーシェがあははと苦笑い。

「目を意図的に操作するのは反則と。あくまでサイコロに任せなさいってことね」

「完全に運頼みじゃないですか⁉」

「——なら、そのサイコロを取り替えるのはアリかもな」

フェイが懐を探る。

迷宮で制作（クラフト）できるアイテムは千種類以上。うち上位十パーセントが「レア」に属するが、いまだ用途不明の物がある。

「イカサマダイスって制作（クラフト）アイテムがある。今まで運の要素が絡む仕掛け（ギミック）がなかったから不思議に思ってたんだけど、この祠（ほこら）で使うのなら納得だろ？　なにせこのお題、石のサイコロを使えとは書かれちゃいないんだ」

イカサマ専用ダイスと取り替えればいい。

プレイヤーが目を操作するのは反則だが、サイコロ自らが出目を操るのであれば反則にならない可能性が高い。

「そ、それですフェイさん！　全部イカサマダイスに取り替えて、それで全て1を出せばいいんですね」

「時間かかるけどな」

「はい？」

「イカサマダイスの素材は『遊具設計図1×万能金属（オリハルコン）』。このうち万能金属（オリハルコン）がレア素材で滅多(めった)に落ちない。俺らもアシュラン隊長からもらったやつだし」

　エリアボス「キング消しゴム」の撃破で一個。

　また迷宮に出現するレアモンスター「踊る円月刀(ダンシングシミター)」が落とすのだが……

「踊る円月刀(ダンシングシミター)の出現が十八時間に一度。で、万能金属(オリハルコン)のドロップ率が五パーセントくらいだから、万能金属(オリハルコン)を一個取るのに二週間かかる」

　五個集めるのに十週間。つまりイカサマダイスをあと五つ作るなら、その素材の収集だけで二か月を要する。

「待てませんってば!?」

「だから今あるもので勝負するしかないんだよ」

　苔(こけ)むした石製の二十四面体ダイスが六個。

　まずは一個をイカサマダイスと交換。これで「1」を出すのは五個で良い。

「現実的には、そうだな……イカサマダイスが三つ欲しいな。そうすればあとは「1」を自力で3つ出せばいい。確率0・0064パーセントならまだ試行可能だし。万能金属(オリハルコン)集めはアシュラン隊長に任せるか」

　分担作業だ。

　イカサマダイスの素材は別チームが担う。

　その間、自分たちはひたすら石のサイコロで試行を繰り返す。もちろん圧倒的に無謀な確率だとは承知の上でだ。

「じゃあ俺からな」

一人二時間交代制。

まずはフェイが挑戦するが、当然のように「1」が六連続など出るわけがない。

「やっぱ難しいな。じゃあレーシェ交代」

「任せて！」

次にレーシェ。

しかし元神さまの強運といえど、最高でも「1」の四連続が精一杯だ。

「まだまだ序盤よ。はい次はネル」

「こういう運の勝負は苦手だが、任されよう！」

続いてネル。

だが二時間振り続けても掠りもしない。

「こういう運頼みは苦手だ。頼んだぞパール」

「お任せあれです！」

結果――

四人合計、八時間もの挑戦は失敗に終わった。

「やっぱり五千七百六十回やっても無理じゃないですかぁぁぁっっっ⁉」

絶叫とともにパールがサイコロを放り投げた。

一瞬たりとも休まずサイコロを振り続けたことで息は荒々しく、右肩はもはや十センチも上がらないほど疲労困憊(ひろうこんぱい)で筋肉痛だ。

やはり厳しいか――

そう思っていた。

勇ましき咆吼(ほうこう)が、自分たちの後方から轟(とどろ)く瞬間までは。


「とうとう見つけたぞフェイよ！」


高らかに靴音を響かせて。

黒コートの青年が通路の奥から登場した。

鈍色(にびいろ)の銀髪に、意思の強さを感じさせる鋭い眉目の青年。その青年を、フェイはよく知っていた。

「ダークス!?　お前もここに来てたのか!?」

「うむ。やはり俺たちは互いに惹(ひ)かれ合う運命のようだな！」

ダークス・ギア・シミター
その凜々(りり)しい風貌と強気なゲームプレイにより、遊戯(ゲーム)の貴公子(プリンス)とも呼ばれるカリスマを備えた神秘法院マル＝ラ支部の使徒である。

「この再会はもはや必然。フェイよ！　思えばこの神の迷宮を訪れた瞬間から、俺はこの未来を予感していた！」

「……ここに来るまでさんざん迷いましたけどね」

ボソッと。

彼の後ろには、褐色の少女ケルリッチ。

ダークスの相方(パートナー)として日々行動を共にする彼女が、やや呆(あき)れたような口ぶりで。

「……うちのダークスがすみません」

「フェイよ、完全攻略を目指しているようだな。さすがは我が宿命の相手……だが」

ダークスが背後の祠(ほこら)をちらりと一瞥(いちべつ)。

石皿に載った六つの二十四面体ダイスを見下ろすや、マル＝ラ支部を代表する彼が妙に不思議そうに唸(うな)ってみせた。

「フェイよ、お前ほどの男がこの程度の試練で手こずっているのか？」

「この程度って言うけど、これ単純に確率が低すぎて――」

「ならば教授してやろう！」

「話聞けよ⁉」

「運とは何だ！　確率か？　天運か？　否(いな)！　運とは自らが手繰り寄せる運命力のこと。それは至高の決闘者たる俺にこそふさわしい！」

「……ええと。俺らの代わりにお前が振ってみると？」

「それも良かろう。が、その前にだ」

ダークスが六つのダイスを握り掴(つか)む。

そのまま振るのかと思いきや、なぜか片手に真新しいハンカチを取りだした。苔むした二十四面体ダイスを一つ一つ磨いていく。

「……ダークス、何をやってるんです？」

「見ろケルリッチ。俺が何をしているかわかるはずだ」

「……わからないから聞いているのです」

「この苔と汚れが気に入らん。俺が振るダイスならば自ら輝きを放つべきだ」

キュキュッ、と。

乾いたハンカチで古いダイスを磨き続けるダークス。それを見守ることしばし——

「完成だ。見よこの輝きを！」

おおっ!?

この場の全員から歓声が湧き上がった。

なんと苔むした二十四面体ダイスが、ダークスの手で徹底的に磨き上げられたことで、美しき真珠色に輝きだしたのだ。

これこそが祠に奉られていた運の象徴、その真の姿——

「時は来た！　お前たちの力を見せてみろ！」

ダークスが吼えた。

光輝くダイスを掴み、その右手を高々と振り上げて。

「集え運命の使者たち！　時は来た。新たな時代を開闢せし、栄光の扉を開けるのだ！

その名も――――ダークス・ダイス！」

「結局その名前かよ⁉」

ダイスが宙を舞う。

輝く六つの二十四面体が、石皿の上を踊り転がっていく。そして。

――1・1・1・1・1・1。

美しき調和をもって、同時に止まった。

『うそぉっ⁉』

「……こういう人なんですダークスって」

なぜか半分達観したような口ぶりのケルリッチ。

これがダークス・ダイス！

ダークス自身の類い希なる豪運ゆえか、磨いてくれた人間への恩義なのか、あるいは勇ましい口上におだてられたからか。

六つのサイコロ全てが「1」の目で止まった瞬間、その下にある石皿が輝きだした。

石皿だったものが、神々しく光輝く一枚の鏡に。

――『明けの明鏡』

――即死攻撃に対して自動反応。全滅判定を一度だけ覆す。

それだけではない。

鏡から放たれた光が天井を照らし、壁を照らし、その光が触れたところから迷宮が本来の姿に戻りつつあった。

　冥宮モードが解けていく。

　奇怪な斑点模様が消えて、床も壁も天井も美しく磨かれた石材へと戻っていく。

「そうだお前たち。やればできるではないか！」

　サイコロ六つを称えるダークス。

　ひとしきり満足げに頷いて、黒コートの青年は威風堂々と踵を返した。

「フェイよ！　俺たちは遊戯という名の運命に導かれた終生の好敵手。だがこのゲームでは帰還を求める者たちもいる。この場での勝負は預けておこう！」

「あれ？　もう戻るのか？」

「そう慌てずとも俺とお前の戦いは始まったばかり。いずれ新たな運命の交叉点で再び相まみえるだろう。待っているぞ！」

「私たちは帰還困難者の発見を優先します。では」

　ぺこりと頭を下げるケルリッチ。

　颯爽と去っていくダークスの隣まで走り寄っていって。

「このまま合流しなくて良いんですか？　彼らもうすぐ完全攻略という話ですよ。ついていけば一勝分を稼げますよ」

「俺には俺の流儀がある」

「不器用な人ですね。マル＝ラ支部の未帰還者を助けてくれた御礼だけして撤退。そういう律儀なところ嫌いじゃないです」

二人の背中が見えなくなる。

騒がしかった賽の祠に静けさが満ちていく。

すべてが終わった――そう思われた静寂も束の間。パールの金切り声が突如として響きわたった。

「……う、うそ……なんで⁉」

「どうしたパール？　そんな血相を変えて」

「だ、だって……だって……！」

パールがネルを指さした。

その示す先がネルの胸から頭を通過し、頭上で止まった。


解放値99・999パーセント。


「なにっ⁉」

ネルは我が目を疑っただろう。

解放値はもともと99・9パーセントだった。賽の祠をクリアして当然100パーセントになる。誰しもがそう確信していた。フェイさえもだ。

だが残り0・001パーセントが埋まらない。

「あれおっかしいわねぇ？」

レーシェも不思議そうに腕組み。

「わたしたち手分けして全エリアを調べつくしたわよね。モンスターも罠もアイテムも、全部見てきたつもりだったけど」

「そ、そうですよレーシェさん！」

うんうんとパールが首肯。

「あたしたち探検し尽くしましたって！　この祠が最後だって信じてたのに絶対おかしいですよ！　今まで解放値は小数点一桁刻みでした。なのに今になって99・999パーセントだなんて……残り0・001パーセントは不自然ですよ！」

パールの言い分は尤もだ。

エリアボスの撃破、イベントの攻略ごとに解放値は原則0・1パーセント上昇する。

解放値が0・・・・・・・・・001パーセント上がるイベントなど無い。

……裏を返せば、アイテムやボスを見逃してるわけじゃないってことになる。

……俺たちは本当にちっぽけな「何か」だけを見落としてる。

解放値が告げている。

この遊戯の完全攻略まであとわずか。足りないのはあと一つ。それも本当に些細な0・001パーセント分の見逃しだけ。

「私たちにまだ見落としが？」

「でもネルさん、もう迷宮の中は探索し尽くしましたよ。もし見落としていたって、その場所を特定するのも困難で――――」

「パール」

自らも無意識のうちに。

フェイは、金髪の少女の名を呼んでいた。

「・・・それだ」

「はい？」

「残り0・001パーセントは迷宮の中にはない。外だ。みんな引き返そう」

「はいぃぃぃぃっっっ!? ど、どういうことですか!?」

ついてきてくれ。

言葉でなく背中でそう語るつもりで、フェイは真っ先に身を翻した。

果てしなく続く廊下を大股で歩きだす。

セーブポイントである処刑場を悠然と通過して、初期再開始が設定されていた迷宮前の大広間へ。

『あらお帰りなさいませー。何かお探しですか？』

「いや間に合ってる。用があるのは城の外だ」

迷宮ルシェイメアの入り口がある大広間を抜けて。

その大広間があった城から出て行く方へと歩き続ける。城門を抜けた先――

そこには、見わたす限りの草原が広がっていた。

瑞々しい植物と色とりどりの花。

春風のような心地よい風に、空は、雲一つない青空が地平線まで続いている。

「フェイ殿⁉　どこへいく⁉」

「フェイさんそっちに迷宮はありませんよ⁉　っていうか城から出ちゃうんですか⁉」

「思いだしたんだよ」

緑の大海原を歩いていく。

春めいた風を全身に感じながら。

「俺たちの解放値が表示されたのはいつだ？　迷路に入ってから？　違う。迷路に入る前から解放値は表示されていた」

「っ⁉」

「ゲームにダイヴした俺たちは、最初にこの大草原に到着した。解放値はもうここで表示されていたんだよ」

〝あれ？　今の文字は？〟

〝すぐ消えたな。もしや再開始の数か？〟

「迷宮内の仕掛け(ギミック)だけで解放値が100になるなら、解放値は迷宮に入ってから表示されるはず。大草原(ここ)の時点で現れたってことは」

「……大草原(ここ)にも仕掛け(ギミック)がある⁉」

「ああ。だけど俺たちが大草原(ここ)を通過した時は解放値0だった」

「そ、そうですよ。せいぜい殺人リンゴが襲って来て、それを避(よ)けただけです……」

パールが殺人リンゴに襲われて二度再開始(リスポーン)。

仕掛け(ギミック)といえばそれだけだ。

そのリンゴを避けても解放値は上がらなかった。

「他に何かがあるんです⁉　フェイさんは目星がついてるんですか⁉」

「ああ。とんでもなくデカいのがさ」

さらに進んでいく。

もっと最初のダイヴ地点まで後戻りしていると言った方が適切だろう。やがて、そんな地平線の先に真っ黒い何かが見えてきた。

――大穴。

この大草原にここだけぽっかりと大穴が空いている。それを遠目に見た途端、パールとネルがまったく同時に走りだした。

「ああああっっっ⁉」

「そ、そうだった！　この大穴があったか！」

二人も思いだしたのだ。

自分たちはこの大穴を避けてしまった。

〝……にしてもデカい穴だな。飛び降りたら即死判定かな〟

〝なに試そうとしてるんですかフェイさん――――っっ!?　ただでさえ罠で二回も全滅してるのに、これ以上無駄な再開始はいけません！〟

殺人リンゴの仕掛けでパールが二度やられた。

三度目の全滅を恐れるがゆえに、穴に飛びこむことを避けたのだ。

もしもだ――

これだけ目立つ大穴が迷宮内にあれば、今の自分たちなら迷わず飛びこんでいただろう。

飛びこんだ先にアイテムが落ちていないか。ボスがいないか確かめていた。

だが大穴は、迷路の外に用意されていた。

解放値の意味を知らされる前に仕掛けられていたがゆえに、全滅を恐れて飛びこむことを避けたのだ。

これこそが――

神が仕掛けた最初にして最終の心理トリック。

「いよいよって気がしてきたわ！」

大穴に近づくレーシェ。炎燈色(ヴァーミリオン)の髪を風にさらさらとなびかせて、穴の縁ぎりぎりに立って真下を覗(のぞ)きこむ。

不自然なほどに暗い空洞。

一切先が見通せない大穴に飛び降りた先に、いったい何が待っているのか。

「ものすごく深そうですけど……ほ、本当に飛びこむんですかぁ……」

「今さら全滅を恐れて何になる。いくぞパール」

そして跳躍。

フェイ、レーシェ、パール、ネル全員が大穴へと飛びこんだ瞬間、フェイたちの頭上で何かが煌(きら)めいた。

──『100・0000000000パーセント』

「っ！」

「やりました……！」

自由落下しながら両手を叩(たた)くパールとネル。

そうしている間も大穴を通じて、自分たちは何十メートル何百メートルと地下深くへと落ち続けている。

やがて、落下し続けたその先に見覚えある光が見えた。

「そういうことか……！」

大草原の大穴を滑り落ちて——

フェイたち四人は、ゆっくりと「その場」に降り立った。


超広大な円形の闘技場。


目の前には高さ二メートルほどの小さなピラミッド。

そう。

大草原にあった大穴は、最初から迷宮の最深部までの最短ルートだったのだ。

「神さま、復活の条件は満たしましたよ！」

パールがピラミッドの前まで走って行く。

その手にした『黄泉（よみ）がえりの鈴』を大きく掲げて。

「再開始（リスポーン）するのです！」

りいいいっっっ……

死者の魂をも呼び起こす美しき音色が響きわたる。……が、いくら待っても墓には何の変化もない。

「あ、あれ？　おかしいですね……」

パールが不安げに瞬(まばた)き。

何度も何度も鈴を振るものの、迷宮の最深部に美しい音色が響くだけ。

「……まさか……これでも条件が何か足りてないいんじゃあ……」

「あとは情熱よ」

レーシェが足を踏みだした。

不安そうなパールの肩に手を置いて、自信満々に。

「看板をよく見なさい。『攻略してくれる人間がいないから嫌になりました』。創造主(ゲームマスター)としての驕(おご)りが覗(うかが)えるわ。『いやー、ちょっと難しすぎちゃったかなこの遊戯。そっか誰もクリアできないいんだね残念』っていう挑発よ」

「そこまで言ってないですよ!?」

「だからこう言い返してやるのよ！」

すぅ、とレーシェが深呼吸。


「いやぁ、このダンジョン楽勝ねー」


びりびりと。

レーシェの啖呵(たんか)が、小気味よいほどに闘技場に響きわたった。

——神からの難題は解き終えた。

次はプレイヤーが、上から目線で挑戦状を叩きつけてやる番なのだ。

「もっと歯ごたえのある仕掛けはないのかしら！」

ピラミッドは無反応。

だがレーシェはなおも止まらない。

「アイテムも制作しきったしボスも倒し尽くしたし。もうお終いかしらぁ？」

「いや残念だなぁ」

続いてフェイ。

「こんな楽勝なダンジョン拍子抜けだわ。せ・め・て・最・後・に・強・い・ラ・ス・ボ・ス・と・戦・え・る・イ・ベ・ン・ト・が・あ・る・と・い・い・ん・だ・け・ど・な・ぁ。なぁパール？」

「は、はい！　あまりに退屈で眠くなっちゃいました。こんな派手な迷宮にもかかわらずラスボスがいないだなんて駄作ですぅ！　ですよねネルさん！」

「う、うむ！　制作者の顔が見てみたいものだ！」

ピラミッドは無反応。

そこへレーシェがさらなるダメ押しで。

「解放値100パーセント達成して遊び尽くしちゃったのよね……そ、れ、と、も。自分のゲームをクリアされるのが怖いのかしら？」

「ビビってるんですかぁ？」

「怖じ気づいたのか？」

「出て・こ・い・よ・」

沈黙を貫く神の墓を指さして、フェイは続けた。

「そんな窮屈な場所に隠れてないで。あんたが待ちに待った挑戦者がいるんだぜ？」

カタッ……

カタカタカタ……

ピラミッドが小刻みに震えだしたのはその時だ。ピラミッドの土台である立方体の石が震えて、積み木が崩れるように少しずつ壁面が剥がれ落ちていく。

その微震が一瞬止まって。

『――――――だ、だ、だ……――――――――――』

爆発した。

噴火のごとき勢いでピラミッドの上部がなんとも盛大に、派手に、賑やかに吹き飛んで、そこから小麦色の肌の神が飛び出した。

『だれのゲームが駄作で退屈で楽勝だあぁぁぁぁぁっっっっっっ！』

黄色と黒の縞々模様をした杖を手にして。

表が黄金、裏が紫色の髪をなびかせた少女が、闘技場の上段へと着地した。

『……墓の中で黙って聞いていれば、言いたい放題言いおって！』

生気に満ちて爛々(らんらん)と輝くその瞳。

血色よく上気したその頬(ほお)。

もはや誰の目にも明らかだった。遂(つい)に神(ラスボス)が再開始(リスポーン)したのだと。

『そんな台詞(せりふ)は、ラスボスたる余を倒してから言うがよい！』


死と再生の迷宮ルシェイメア――

最終ボス、降臨。

VS『冥界神アヌビス』
【勝利条件】冥界神の撃破。ただし撃破条件不明。
【敗北条件】プレイヤー側の再開始(リスポーン)判定。
【補足】　迷宮ルシェイメア内で取得した全アイテムの使用可能。

Chapter

Player.4　Good Game Well Played

1

死と再生の迷宮ルシェイメア。

およそ人類史にある神話・逸話において疑いなく最大級であろう迷宮。

その全エリア踏破、全アイテム収集、全ボス・モンスター撃破、全イベント攻略を経た、最後の戦い——


『余は冥界神アヌビス。この遊戯の創造主にしてラスボスである』


闘技場の上段で、小麦色の肌をした少女が気勢を上げた。

『さあ遊ぶぞ人間たちよ！』

「一発攻略だ！　ここまで来て返り討ちじゃ格好つかないからな！」

その気勢に応え、フェイもまた三人の少女たちに向けて声を張り上げた。

「この一回きりで終わらせる！」

『くっくっく。その意気や良し。だが余はラスボスであるぞ』

冥界神が杖を振り上げた。

『百獣召喚！　来たれ我が可愛いペットたち！』

百に及ぶ光輪。

その輪からモンスターが次々と飛び出すや、闘技場に着地する。

眠れる獅子。スフィンクス。キング消しゴム。ダークパフーなどなど、いずれも見覚えあるボス敵ばかり。

「って無理ですぅぅぅぅぅぅっっっ!?」

「ちょっと待て!?　こいつらまとめて召喚はさすがに卑怯だぞ!?」

とんでもないラスボスだろうと――

これほど非常識な迷宮の神ならば、当然とてつもない難敵であるとは思っていたが。

まさかここまで発想がぶっ飛んでいるとは。

ボス百体――

率直に言って「無理」以外の言葉が思い浮かばない。

『はっはっは。こやつらは余が育てたEX版（上位版）だ。まずは眠れる獅子、さらに強化されたお前の必殺技を食らわせてやるがいい！』

眠れる獅子が吼えた。

天井から降りそそぐ眩い光。それを見た瞬間、フェイたちの背筋に冷たいものが。

「みんなアレを装備しろ！」

もはや骨の髄まで染みついた攻略法だ。

アイテム「宝物庫のマスターキー」から『ただの傘』を取りだし、頭上に掲げる。

眠れる獅子EXの覚醒反撃『天から降りそそぐものが何でも滅ぼす』
何もかもが滅んだ。※ゲーム内テロップ

冥界神は当然無傷。

攻略法を知っているフェイたちは咄嗟に傘で防御（傘がかわりに消滅）。

そして――

残り九十九体のモンスターたちが説明文通り全滅した。

『あああああっ!?　バカ者、仲間のモンスターを滅ぼしてどうする!?』

「…………」

眠れる獅子の覚醒反撃は『天から降りそそぐものがプレイヤーを滅ぼす』。

それを冥界神が強化したことで効果が「何でも」に拡大。なんと仲間のモンスターまで壊滅させてしまったらしい。

「まさか、そういうことか!?」

頭を抱える神を見上げ、フェイの脳裏にある可能性が閃(ひらめ)いた。こんなバグだらけな非常識遊戯を司(つかさど)る神が、到底まともであるはずがない。

「こいつは頭(おつむ)が弱点だ！」

『だれの頭が悪いだとおおおおおおっっ！』

「あなたのですよ！」

パールの手元に光が灯(とも)る。アイテム「宝物庫のマスターキー」から取りだしたものは、およそこの迷宮に似つかわしくない巨大なロケット砲だった。

——最終決戦用兵器「メガリスロケット」。

——一発限りのロケット砲が、あらゆるボスとモンスターを葬り去る。

制作(クラフト)アイテムの中でも最大破壊力。

最終決戦に備えてここまで温存してきたものだ。

「ラスボスらしく倒されるのです！」

ロケットが着弾。闘技場が震撼(しんかん)するほどの衝撃波と炎が膨れあがり、冥界神(アヌビス)のみならず眠れる獅子(しし)さえもまとめて吹き飛ばす。

「さすが最終決戦兵器です！　これにてクリア——」

『ふははっ、甘いわ小娘っ！』

濛々(もうもう)と立ちこめる黒煙が消し飛んだ。

その向こうには無傷の冥界神(アヌビス)が。

『そんなちゃちな攻撃で余を仕留められると思ったか！』

「最終決戦兵器って銘打った創造主(あなた)でしょうが!?」

『覚えているわけがないッ！』

「この神ほんとうにおバカさんですぅ!?」

『現れよゴールデンパフー！』

冥界神(アヌビス)の足下に、光輝く黄金色のパフーが召喚された。

忘れもしない最初のエリアボスだ。このパフーが吐くゴッドブレスは、プレイヤーに防御無効の９９９９ダメージを与えてくる。

『お前の息吹(いぶき)を見せてやれ！』

「ネル！」

冥界神(アヌビス)とフェイが同時に叫んだ。

ゴールデンパフーから光輝く吐息(ブレス)が放たれた瞬間、誰よりも前に飛び出したネルが己の右足を高々と宙へ蹴り上げる。

「お返しだ！」

神呪(アライズ)『モーメント反転』発動。

エネルギー・質量を問わずネルが蹴ったものを跳ね返す。ネルが蹴り返した吐息(ブレス)が、狙い違(たが)わず黄金のパフーに直撃した。

『パフゥゥゥッツ!?』

『ほう。さすが迷宮を進んできただけあるな。対策は万全というわけか』

神の少女がニヤリと口の端を吊り上げた。

そうでなくてはと言わんばかりの、不敵な笑みで。

『余はゴールデンパフーを百体召喚！』

「おいぃぃぃぃっっっ⁉」

「だから桁がおかしいですってば⁉　人間側に勝たせる気ありますか⁉」

ネルとパールの懸命の抗議。

しかし、そんな抗議の声もむなしく冥界神は――

『さらに！　創造主権限によってシステム変更。本ゲームに体力システムを導入する。プレイヤー側が動けるのは最大で連続15秒。かつ神呪を使うと一気に体力がゼロまで減って5秒の回復時間を要する！』

「だから思いつきでゲームシステムを増やすな⁉」

「ゲームが変わってるわよ⁉」

『これが余の力！　創造主に不可能はない！』

胸を張って勝ち誇る冥界神。

『体力システムによって、神呪で跳ね返せるゴッドブレスは一発きりだ。さあ全滅せぬよう逃げ惑うがいい。その間に、余は必殺必滅の奥義『ゴッドイレイザー』を詠唱する。七十秒後の詠唱の後にお前たちは全滅だ！』

制限時間七十秒。

その間にゴールデンパフーを百体倒して冥界神を止めなくてはならないという理不尽。

体力システムの新導入によって連続行動も15秒まで。

不可能すぎる。

「――と思うよな」

『なにっ⁉』

フェイの不敵な一言に、小麦色の肌の少女が目をみひらいた。

「神さま、あんた一個忘れてるぜ！　迷宮のイベントでゾンビパフーを救出するイベントがあった。俺たちにはパフーの紋章がある！」

浄化の滝で全てのゾンビパフーをパフーに戻して救出する隠しイベント。

これを達成することで隠れエリア『パフーの郷』が拓き、キングパフーから友好の証として『パフーの紋章』を譲られる。

「これがあれば全パフーとの戦闘を回避できる！」

パフーの絵が刻まれた金属片。

フェイがかざした途端、百体ものゴールデンパフーがビクッと動きを止めた。

今まさに飛びかかってこようとしていたパフーたちが、ぴょこんと飛び跳ねて闘技場から去って行く。

残されたのは無防備な神のみ。

『ぐっ……しまったっ⁉』

冥界神(アヌビス)は杖(つえ)をかざした姿勢のまま動けない。

これほど呆気(あっけ)なくゴールデンパフーを失うのは想定外だったはず。必殺技の詠唱完成は七十秒。この間は無防備状態だ。

「今だ！　アイツはしばらく動けない！」

「集中砲火です！」

神めがけて走りだす。

そんなフェイたちの見上げるなか、神の宣告が響きわたった。

『詠唱はやっぱり無し！　ゴッドイ・レ・イ・ザ・ー・は・詠・唱・無・し・で・撃・て・る・も・の・と・す・る・！』

「はい？」

『ゴッドイレイザー発射！』

冥界神(アヌビス)の杖から虹色の閃光(せんこう)が放たれた。

閃光はさほど速くない。来るとわかっていれば避(よ)けることもできただろう。が、神の光はあまりにも唐突すぎた。

冥界神(アヌビス)のゴッドイレイザー。

プレイヤーは全滅した。ただし「明けの明鏡」で一度だけ蘇生(そせい)。（ゲーム説明文(テロップ)）

パリンッ……

フェイたちの手元で鏡が砕けた。全滅を防ぐ「明けの明鏡」の効果がなければ再開始(リスポーン)で処刑場に戻されていたことだろう。

『ほう？　一度きりの再生アイテムを持っていたか。だが次はないぞ』

「おい待て⁉　今のはさすがにどうなんだ⁉」

さすがのフェイもこれには抗議だ。

ゲームルールを書き換えて必殺技の詠唱を0秒に再設定した。理屈はわかるが、七十秒と宣言したうえでのルール変更(やっぱりやめた)はあまりにもデタラメである。

「……わたしも今のはちょっと引くわぁ」

「……なんと卑劣な」

「あの詠唱の意味は何だってんですか⁉」

四人揃(そろ)っての猛抗議。

だが冥界神(アヌビス)はむしろ楽しそうにそれを聞いて。

『ふははは っ！　驚いているな人間たちよ、ＧＭに不可能はない！』

「開き直ったわ⁉」

「ラスボスがそれやっちゃお終(しま)いだろ⁉」

「……ああもうっ！　ならば、こちらも奇襲でお返しです。『スフィンクスの立体模型』、行くのですスフィンクスちゃん！」

パールが繰りだしたのは、新たな超レアアイテムだ。

紙でできた立体模型が瞬時にスフィンクスそっくりに変身。本物の1／3サイズの大きさではあるが、その突進は本物のスフィンクスと同等の破壊力を持つ。

「突撃です！」

『ぐはっ⁉』

スフィンクスの頭突きを受け、冥界神(アヌビス)が闘技場の壁まで吹き飛んだ。

効いている。

先ほどのロケット砲と違い、スフィンクスは冥界神(アヌビス)のペットである。神属性のペットの攻撃ならば神にも通じるという理屈だ。

『……くっ。今のは効いたぞ』

冥界神(アヌビス)の振るった杖(つえ)が一撃で立体模型を弾(はじ)き返(かえ)す。

『頭を使ってきたではないか。余に通じるアイテムを見抜いたか』

「ふふん？　そうでしょう。降参するなら今のうちですよ。なにしろ立体模型シリーズはまだ眠れる獅子(しし)版もあるんです」

『笑止！』

冥界神(アヌビス)が吼(ほ)えた。

『余はラスボスである。自動回復効果により一秒で全ダメージ分を回復する！』

「だから倒させる気ありますか⁉」

『さらに新ルール創造。これより余にアイテムダメージは一切入らぬこととする！』

…………

……あ、だめだこいつ。話を聞かないタイプだ。

嬉々として宣言する神を見上げて、フェイたちは誰もがそう悟った。

この神に話は通じない。

頭が弱いというのもあるだろう。しかしそれ以上に——

『いやぁ楽しいなぁ』

神は笑っていた。

子供のように頰を紅潮させて楽しそうに。

人間の何百倍も何千倍も生きているはずの神が、まるで人の子のように無邪気で無垢に、目をキラキラさせていたのだ。

遊戯に夢中すぎてフェイたちの話も聞こえないほどに、神は楽しんでいた。

『余、復活してよかったなぁ。やっぱりゲームはいい』

「………だから卑怯だぞ」

神を見上げ、フェイは苦笑を禁じ得なかった。

この神は卑怯だ。

今まで出会った神の中で一番ズルい。

「こんなクソゲーでも、そんな良い顔されてたら付き合いたくなるだろうが」

『戦闘経過三分につき余の体力も三倍にしよう！』

「するな⁉」

前言撤回。

やっぱりこの遊戯は駄目だ。そしてこの神は頭が悪い。

『余の大魔法を見せてやろう。地上にいる者すべてに即死ダメージ！』

「全員跳べ！」

『大魔法二発目。空中の者すべてに即死ダメージ！』

「くっ⁉　全員屈めっ！」

『おお、よく耐えるではないか！』

冥界神がますます嬉しそうに声を弾ませる。

瀕死の耐久戦。

フェイたちも紙一重で全滅を免れ続けているが、蘇生アイテム「明けの明鏡」を失い、蓄えていたアイテムを次々と消耗してかろうじて耐えている状況だ。

対する神はほぼ無敵。

最終決戦兵器と銘打たれたロケット砲が通じず、スフィンクスの突撃を受けても一秒で全快してしまう自動回復持ち。

撃破条件は何だ？

ダメージを与える術があるのか？　それとも一定時間を耐える時間制か？

『さあ余はもう一度ゴッドイレイザーだ。詠唱時間は当然ゼロ！』

「くっ。ならばアイテムで――」

『アイテム封印！』

ガシャンと音を立てて、フェイが持っていた『宝物庫のマスターキー』が砕け散った。

さらに四人の頭上に、「封印」の文字が浮かび上がる。

創造主権限により、アイテム使用がゲームシステム上禁止されたのだ。

「ちょっと待て⁉　本気か⁉」

「好き勝手しすぎよ⁉」

「こんなゲームマスター嫌ですぅぅうっぅうっっっ⁉」

「手段を選べ手段を⁉」

四人が叫んでも時既に遅し。

冥界神が宙高くへと跳び上がり、その杖の先端が神々しく光輝いた。

『ゴッドイレイザーである！』

「……くっ。そう好き放題させてたまるか！」

ネルが右足を振り上げた。

先のゴッドブレス同様、こちらに向かって放たれた閃光を真正面から蹴り返そうとした瞬間、ネルが苦悶の声を上げてくずおれた。

体力0。体力システムの導入によりプレイヤーが動けるのは最大連続15秒まで。

その上限に引っかかったのだ。

「ネルさん、手を出して！」

パールが吼えた。

黄金色の転移門が目の前に出現。動けないネルの手を取ってパールが倒れこむように飛びこんだ一瞬の後に、神の放った閃光が空間を薙ぎ払った。

かろうじて二人が回避。

だが神呪使用につきパールも体力0となり、ネルと二人揃って膝をつく。

その頭上で、冥界神の興奮しきった叫び声。

『よっしゃあ行くぞお前たち！』

頬を真っ赤に紅潮させ、子供のように目を輝かせ、もはや自分がラスボス役であることさえ忘れたかのような天真爛漫な口ぶりで。

『今までで一番でかい攻撃だ！　闘技場ごと吹っ飛ばしてくれる！』

「ふざけるなぁぁぁあっっ!?」

ヒントは「闘技場ごと」。

一瞬の閃きにも似た直感を信じ、フェイとレーシェは一切の言葉を交わすことなく同時に闘技場の出口めざして全力疾走していた。

フェイがネルを。

レーシェがパールを。

動ける二人が、動けない二人を背負って闘技場の外へと身を投じる。その背後で、神の雄叫びが響き渡った。

『吹き飛べぇぇっっ！』

振り返る間もない。

闘技場に光が満ちる。その眩しさを背中に感じた時にはもう、巻き上がる爆風に何もかもが吹き飛ばされていた。


神の一撃が、闘技場ごと地底空間を吹き飛ばした。


意識が断ち切られそうになるほどの音と衝撃。

巨大な岩盤が爆風に煽られ、木の葉のように軽々と吹き飛んでいく。巻き上がる土砂が濛々と立ちこめるなか――

「……けほっ！……こほっ……」

「……痛っ!?」

受け身を取ることもできず、フェイたちは床に叩きつけられる。

その激痛で一瞬意識が途切れかけるが。

「……っ。みんな無事か……？」

口に砂利の味がする。

砂混じりの唾を吐き捨てて、フェイはかろうじてその場で起き上がった。

「わたしは平気よ」

「……あたしも何とか……」

「……私もだ……」

起き上がる三人の少女たち。

間一髪で闘技場から脱出したことで、かろうじて爆発の直撃だけは免れたらしい。そんな四人の頭上に、さっと眩しい光が差した。

再び神の閃光？

否。

その輝かしい光は、遥か青空から燦々とそそぐ陽光だった。

――太陽。

迷宮の最深部だった闘技場の岩盤が吹き飛んで、そのぽっかりと開いた大穴から雲一つない蒼穹が覗いていたのだ。

何もかも忘れて見上げてしまいたくなるほど壮大な景観。

が、そんな感情は後回しだろう。

戦いは終わっていない。なにしろ自分たちは神に有効打を与えられていない。死に物狂いで攻撃を耐え続けてきただけなのだから。

「神さまは!?　どこですか!?」

「そうだ神は!?」

ギィ……。

フェイたちが見上げる前方で、何かが開いたような軋み音。

闘技場があった場に——

たった一人、小麦色の肌をした少女がぺたんとその場に座りこんでいた。

『………』

少女の姿をした神が顔を上げる。

ぼろぼろのフェイたちが慌てて構えをとるなか、一度ゆっくりと深呼吸。そして。

『満足した』

神は笑った。

泥だらけの顔で。一点の曇りもない澄みきった微笑で。

ギィ……。

軋み音がこだまする。

それは、アヌビスの背後で黄金色の扉が開いた音だった。死と再生の迷宮ルシェイメア、その脱出の扉が開いていく。

『楽しかった。よくぞ余の遊戯を遊び尽くしてくれた』

穏やかで、力強く。

迷宮に響きわたる神の声は雄大だった。

『全アイテム、全エリア、全イベント。途方もない道のりだったであろう？　お前たちはそれだけの時間と努力と情熱をかけて攻略してきたのだな』

光差す地底。

地底に決して差さぬはずの陽光を眩しそうに見上げて――

『神としてお前たちと戦う中でそれが確と伝わってきた。とどのつまり余はただただそれを確かめたかった。それさえわかれば良かったのだ……余の遊戯を遊び尽くしてくれる者が果たしているのか……それだけを知りたかった……』

そう。

神は確かめたかったのだ。

この遊戯を遊んでくれる者はいるのか？　と。

この遊戯に夢中で付き合ってくれる者はいるのか？　と。

――ラスボスとは、いわばゲーム最後の試験官。

――大団円に至るにふさわしいかどうかの、最後の試験の。

その審査は「強さ」に非ず。

迷宮を攻略したのだと。神自身が心から認める者であるかどうか。迷宮に対する「情熱」こそが最後の審判だったのだ。


遊戯を愛する神に挑む最後の切り札は、遊戯への情熱以外にありえない。


神はそれを確かめた。

待ち望んでいた者はここにいた。

『その目的を果たした以上、もはや余はラスボスである必要がない』

「っ！」

その一言に。

神に挑んだ四人は一斉に目をみひらいていた。

冥界神アヌビスの攻略条件――

絶対無敵の神がラスボスとして立ちはだかるのなら、その神をラスボスの座から降ろせばいい。

『……いいなぁ。やっぱり遊戯は楽しいなぁ』

独り言のようにそう呟いて。

神は、こちらに向けて心地よさそうに目を細めた。

『余は満足した。お前たちの勝利だ』


しばしの静寂。

その言葉の意味を理解して、心の中で噛みしめて――

「〰〰〰〰っやった！」

「やりましたぁぁぁぁぁぁぁっっっっ！」

「……ふぅ。とんだゲームだったわ」

ネルとパールとレーシェが、三人揃って手を打ち鳴らす。

そして自分は――

宙に再び現れた小鍵『宝物庫のマスターキー』を両手で受け取っていた。神の宝冠……神が創りし遊戯を初めて攻略した人間には、神からとっておきの贈り物を授かるという。

『褒美をやる』

ぺたんと座ったまま冥界神がこちらを指さした。

『余だけが楽しんで終わりでは味気なかろう？　その鍵をお前にくれてやる』

「……人間世界にってことか？」

『ただし一つきり。そして一度きり』

冥界神(アヌビス)が指を一本突き立ててみせた。

悪戯(いたずら)っぽい笑みを湛(たた)えて。

『その小鍵を通じ、この迷宮から「いついかなる場合／場所」でも、好きなアイテムを取り寄せることを許そう。無駄遣いするでないぞ？』

「心しておくよ」

小鍵を握りしめる。

こちらを見上げる神に、フェイは大きく頷(うなず)いてみせた。

『……さて』

褐色の神が満足げに首を振った。

その身体(からだ)がすぅっと薄くなっていく。日の中に溶けていくように。

『余は満足だ。また遊びたいから復活させてくれ』

「だから死ぬなぁぁぁぁっっっ!?」

VS『死と再生の二相』アヌビス。

迷宮脱出ゲーム。

攻略時間：不明（神秘法院にて公式時間を計測中）にて『勝利』。

【勝利条件】迷宮最深部のラスボスを撃破すること。

【敗北条件】無し。

勝利報酬（ドロップアイテム）神の宝冠『宝物庫のマスターキー』。（入手難易度「神話級」）

迷宮ルシェイメアよりアイテムを一つだけ召喚できる。

Chapter

Player.5　蛇だけが気づいた

God's Game We Play

1

一夜明けて。

神秘法院は、迷宮に囚(とら)われた未帰還者の全帰還を発表した。


「お手柄だよフェイ君！」


執務室に一歩入るなり、過去最高級に上機嫌なミランダ事務長が飛んできて――

「よくやってくれた！　これで事件は解決だ！」

「うぷっ!?」

事務長に抱きつかれてパールがのけぞった。

上背(うわぜい)のある事務長に抱きしめられると、小柄なパールでは顔が事務長の胸に埋まって息ができないらしい。

「ぶはぁっ！……い、息が詰まりますってば！」

パールが慌てて逃れる。

「何するんですか事務長!?」

「んん？　喜びとお祝いの証（あかし）に抱きしめてあげただけだよ」

「そうじゃなくて、お手柄だよフェイ君って言いながらあたしを捕まえて！」

「パール君が一番抱き心地が良さそうだったから。つい」

「抱き心地!?」

「……ま。それだけ私も心が弾んでいるということさ」

オープニングトークはお終（しま）い、と。

そう言わんばかりにミランダ事務長が手を打ち鳴らした。

「まあ座っておくれ。今日の珈琲（コーヒー）は私が淹（い）れるよ。フェイ君は砂糖二つだったっけ？」

「三つでお願いします。あと本当にご機嫌ですね事務長」

ソファーに座るフェイの前で、事務長が手早くカップを並べていく。しかも鼻歌交じりというご機嫌ぶりである。

「ふふんまあね？　今日の私なら、忘年会で酔っ払った部下に赤ワインをこぼされてお気に入りのスーツを台無しにされても、まあ一睨（ひとにら）みくらいで許してあげる自信があるよ」

「……あったんですね。そういうの」

その事件はフェイも気になるが、それ以上に気になるのが卓上カレンダーだ。

カレンダーの日付が、自分（フェイ）が最後に見たのと二週間以上ズレている。

その事実が恐ろしいと感じるし、さらに恐ろしいのは「二週間経っていた」という自覚がまるでなかったことだ。

……霊的上位世界だと時間感覚が別物だ。

睡眠も食事もいらない、ゲームだけに集中できる霊的世界だから。

体感時間はせいぜい二日か三日。

それだけ霊的上位世界では人間の感覚がズレやすい。それだけ時間感覚の歯車が違うと、帰還後に体調を崩す者も少なくない。

「ああそうだ事務長、未帰還者だった人たちの具合は？　無事ですか？」

「うん。不安になるような報告はないね」

コーヒーメーカーの電源を入れながら、事務長。

「精神的に疲弊した者は大勢いるけど、むしろようやく戻れたんだって安堵の声が圧倒的に多かった。結果的にはほぼ理想だよ。あとは……贅沢とわかって言うけど帰還者たちの勝ち星まで増えてればさらに万々歳だったけど」

ミランダ事務長がふっと苦笑い。

「冥界神アヌビスだっけ？　どうやらね、勝利判定したのは君ら四人だけみたいなんだ。ゲーム参加者全員が勝利判定されたわけじゃなかった」

「え？　そうなんですか」

これはフェイも初耳だ。

だが言われて見れば頷（うなず）ける。実にあの神らしい勝利判定だと。

「俺とレーシェと、パールとネルが勝利判定。じゃあ冥界神（アヌビス）に直接挑んだプレイヤーだけが勝ち星をもらえたってことか」

神々の遊びは、神VS人類多数。

今回の迷宮はその最たる例だが、誰に勝ち星を授けるかは神（ゲームマスター）の判定次第。

たとえば巨神（タイタン）や無限神（ウロボロス）――

今までの神々は参加プレイヤー全員に「一勝」を授けたが、冥界神（アヌビス）は違った。


〝よくぞ余の遊戯を遊び尽くしてくれた〟

〝全アイテム、全エリア、全イベント。途方もない道のりだったであろう？〟

解放値１００パーセントを達成した者に栄光を。

それが冥界神の復活条件でもあったがゆえに勝者はフェイたち四人。残るプレイヤーは帰還させるかわりに勝ち星は与えない。

「そうか、実にあの神らしい判定だな」

ネルが微苦笑。

「ただ我々も解放値達成まで多くの協力を募った身だ。協力してくれた皆を差しおいて勝ち星を独占したのは少々申し訳ないが……」

「いいのよそういうのは」

そう応えたのはレーシェだ。

ソファーの端っこで背もたれに寄りかかりながら──

「何度も言ってるでしょ。『神は自ら奇跡を啓く者にのみ微笑む』って。神は自分の気に入った人間にご褒美を与えるの。それが今回はたまたま私たちだっただけ。他の人間も次に頑張ればいいのよ」

「な、なるほど……レーシェ殿がそう言うのなら説得力がある……」

「ネル君、はいどうぞ」

珈琲の注がれたカップをネルの手元へ。

「レオレーシェ様の言う通り。君たちが神を撃破したんだ。恐縮するどころか誇っていいよ。何なら生涯自慢していい」

「……い、いえいえ！　自慢だなんてそんな……」

「君の古巣のマル＝ラ支部は大々的に宣伝してたよ。マル＝ラ出身のネル・レックレスが再起早々に偉業達成！　って」

「何ですとっ⁉」

「あれ聞いてない？　じゃあマル＝ラ都市の地域振興課がネル君の顔写真を使って『ネル饅頭』と『ネルクッキー』を販売し始めたことは？」

「私の顔を売るなぁぁぁぁぁぁっっっ⁉」

耳まで真っ赤にして悶えるネル。

そんな反応を愉快そうに見守るミランダ事務長が、「ああ」と手を叩いた。

「これも伝えとく。君らの活躍でさ、マル＝ラと正反対の反応だった都市もあったんだ。神秘法院本部が実に悔しそうに『おめでとう』って言ってきたよ」

「本部がですか？」

パールがきょとんと瞬き。

珈琲カップに次々と角砂糖を投入しながら──

「でも本部の皆さんは精力的に指揮してくれましたよ。本部のキルヒエッジさんが救援チームの統括役になってくれたって。あと……あたしたちは迷宮では出会さなかったけど、本部からは『すべての魂の集いし聖座』も参戦してたって」

「ソレだよ」

「え？」

「『すべての魂の集いし聖座』って世界最強チームって評判なんだよ。本部ご自慢のね。それが鳴り物入りで救援チームとして参加したらしいけど、どうだい？」

「……ど、どうって？」

「迷宮で活躍してたかってこと」

ミランダ事務長が肩をすくめる。

　対してパールは答えあぐねた表情でしばし宙を見つめていたが、やがて怖ず怖ず(おずおず)と首を横に振ってみせた。

「あ、あたしの知る限りは……でもそのチームを迷宮で見ていないから何とも言えないんですよ！　もちろん世界最強チームですから、ひょっとしたらあたしの見ていない場所で未帰還者を大勢助けてたりとか活躍してたかも！」

「その可能性はある」

「で、ですよ！」

「だけど神を撃破したのは君たちで、勝ち星がついたのも君たちだけだろ？」

　コーヒーカップを持ち上げる事務長。

　カップの縁を口元に添えて。

「本部としては、迷宮ゲームの攻略は『すべての魂の集いし聖座(マインド・オーヴァー・マター)』になるって期待してたんだろうね。それが支部のチームに先を越されて残念に思ってるって話」

「……ま、まあ本部って偉いですし」

「あれ？」

　今度はミランダ事務長が首を傾げる(かしげる)番だった。

「その反応ってことは、もしやパール君知らないの？」

「何をです？」

「『すべての魂の集いし聖座(マインド・オーヴァー・マター)』って四人組なんだけど、そのリーダーは女の子なんだよ。

君らと同い年くらいの。聖ヘレネイアって子」

「それは知ってますが……」

「神秘法院本部の理事長の一人娘だから」

「ええええええっっっっっ!?」

パールがソファからずり落ちた。

本部の理事長はすなわち神秘法院を束ねる最高権力者。その一人娘が現世界最強チームのリーダーなどと、フェイも今まで聞いたことがない。

……ルイン支部じゃ誰一人そんな噂(うわさ)してないはずだ。

……そんな大物同士の関係、知ってたら普通は必ず口にしてるはずだけど。

そうした噂は微塵(みじん)も聞いたことがない。

そもそも公表されていないのでは。

「ミランダ事務長、それたぶん使徒(おれら)は聞かされてない話です」

「あれ？　ヤバ!?」

事務長が慌てて口元を手で隠す。

「あ、でも邪推するような話じゃないよ？　本部の理事長と世界最強チームのリーダーが血縁関係なんて言ったら、父親が我が娘可愛(かわい)さに裏で融通きかせたみたいに思うかもしれないけど、そんな融通じゃ神々の遊びで七勝はできないからね」

すべての魂の集い(マインド・オーヴァー・マター)し聖座は現七勝。

前人未到の十勝まであと三つ。ミランダ事務長が言うように、本部の理事長の権力など神々の遊びには微塵(みじん)の影響もない。

つまるところ偶然なのだ。

世界最強チームを率いる少女がいて、その父親がたまたま神秘法院の最高権力者だっただけの話なのだろう。

「ヘレネイアって少女の実力は本物だよ。だからこそ余計な邪推をされないよう公表されてないんだろうね。事務方(わたしたち)には周知の事実だけど」

「……すべての魂の集いし聖座(マインド・オーヴァー・マター)か」

「ん？　フェイ君やっぱりその親子関係ってのが気になる？」

「いえそれは全然」

頭の隅に引っかかっている疑問はある。

ただしそれは親子関係ではなく、むしろパールが口にした事実の方だ。

「俺たち、迷宮でそのチームに出会ってないなって。っていうか他の救援チームもじゃないかな。迷宮の中で出会ったなんて話も聞かなかったし」

迷宮の全エリア走破。全モンスター発見。

だがすべての魂の集いし聖座(マインド・オーヴァー・マター)は発見できなかった。

……偶然出会わなかった？　そんな話じゃ済まされない。

……俺たちに見つからないよう隠れていたとか、そうでないと説明がつかない。

見つかりたくない理由があったのか？

敵（モンスター）とは戦わず。

未帰還者たちを救出することもなく。

……裏を返せばだ。

……すべての魂の集いし聖座（マインド・オーヴァー・マター）は迷宮で何をしてたんだ？

それが引っかかったのだ。

「ま、もう終わったことだし。気難しく構えなくてもいいよフェイ君」

机の引き出しを開ける事務長。

ずらりと並ぶ高級クッキーの箱を取りだしながら。

「事務方で統計も取ってるから感じるけどね。ゲームには誰しも得意不得意の分野がある。すべての魂の集いし聖座（マインド・オーヴァー・マター）の四人がたまたま迷宮と相性悪かった可能性もある」

「…………」

「おやまだ考え中？」

「ええ。いまの話に限ったことじゃなくて――」

手元のコーヒーカップを見下ろす。

うっすらと立ち上る湯気の向こう、黒い珈琲（コーヒー）の水面がぐるぐると回っているのをしばし見守って。

「あの迷宮は不可解なことが多すぎた。そもそも話の発端で、世界各地の使徒が強制的に集められた理由が解けてないんです。冥界神(アヌビス)は関わってないんじゃないかって」

「ん？　それ初耳だね？」

机を椅子代わりに、ミランダ事務長が飛び乗るように腰かけた。

「さっき本部が会見開いてたよ。『世界中のプレイヤーが迷宮に集められたのも冥界神(アヌビス)の干渉だったと思われる』って」

「……一晩考えて、俺は違うって気がしてるんです。話はそう単純じゃない」

冥界神は迷宮のゲームシステムには拘(こだわ)っていた。

その一方で、巨神像に関しては何一つ言及していなかったのだ。

そこから推測できることは――


クリアするまで脱出できない無限再開始(リスポーン)＝ゲーム仕様。

世界中のプレイヤーが強制的に集められた＝ゲーム仕様ではない。


後者はいったい何が原因だ？

世界中の巨神像で起きた不具合なのか、それとも何らかの干渉があったのか。

「多分だけど、その謎を解き終わってる奴(やつ)もいるはずなんです。それが――」

「無敗の我が遊びに来たよ！」

ミシッ！

扉が勢いよく横にスライドし、銀髪の少女が転がりこんできた。

「あ、ウロボロスちょうど良いところに」

「おっとそこまでだ人間ちゃん！」

フェイの口上は、ウロボロスの突きだした右手に遮られた。

「言いたいことはわかってる。晴れて迷宮を攻略したことで、心置きなく我のゲームで遊ぶことができて感謝感激なんだろう！」

「いやそうじゃない」

「違うのっ⁉」

「まあまあ。まずは順番があるんだよ。ほら迷宮で、スフィンクスを倒したところでお前が強制的に排除(ログアウト)させられた件。あの話がしたいんだ」

そう。

あの瞬間、明らかに迷宮ゲームのシステムを逸脱した超常現象が起きていた。

……神(ウロボロス)を強制的に排除するギミック。

……あの迷宮のどこを探検しても他にあんなものは無かった。

冥界神(アヌビス)の仕業か？

消去法で考えればそうなるのだが、あれは冥界神(アヌビス)の復活前に起きた現象だ。

「あれは冥界神(アヌビス)の仕業じゃないいんだよな」

「うん違う」

あっさりとウロボロスが首肯。

「じゃあヒントね。人間ちゃんに良いこと教えてあげよっか」

「おう」

「あ・の・迷・宮・に・神・は・六・体・い・た・」

…………

………………………?

凍りついたように静まる場。

神が発した言葉の意味をすぐに理解できる者など、あるいは世界規模でも誰一人として存在しなかったに違いない。

ネルもパールもミランダ事務長も、誰もが真顔。

あまりに予想と常識を逸脱しすぎた話に、どう反応を返せばいいかわからず頭が真っ白になってしまっている。

人は――

あまりに理解を超えた情報を与えられると、こうも呆然となってしまうのか。

自分も例外ではない。

……神が六体？

……待てどういうことだ？　冥界神とウロボロスを引いたってあと四体？　何かの冗談だとしか思えないが、神はいたって当然といった口ぶりだ。

「レーシェは？」

真っ白になりかけた頭を必死に回転させ、フェイが呼んだのは隣の少女の名だった。

「レーシェは気づいてたか？」

「ううん全然」

炎燈色の髪の少女が無造作に首をふる。

真顔に近い表情だが、レーシェだけは同じ真顔でも「へえそうなのね」といった反応のようにも見えるが。

「ふふん？　まあ気づかないのも無理はないね」

ウロボロスが自信たっぷりに腕組み。

「なんてったって隠れてたからね。でも我に干渉してきたし？　そうしたら我も向こうの存在が掴めるわけだから」

「っ！　待ってください!?　いま超重大なことサラリと言いませんでした!?」

パールがハッ、と我に返った。

「無敗さん！　つまり無敗さんがゲームから排除させられたのは冥界神や迷宮ゲームの仕様じゃないと！」

「うん。迷宮に隠れてた神々の仕業」

「そこ詳しくお願いします！」

「聞きたい？　しょうがないなぁ、なら――――――おっと？」

ウロボロスが慌てて口を閉じた。

何かをじっと思案していたかと思いきや、とてもとても悪戯っぽい笑顔になって。

「やっぱ言わない」

「はいぃぃぃぃっっっっ!?　どうしてです!?」

「ご褒美にしよう！　我のゲームで勝ったら教えてあげるよ！」

ぴょこんと飛び跳ねる。

ミランダ事務長の机を台座代わりに、そこに飛び乗って「我を見て！」と言わんばかりに両手を広げてみせた。

「どうだい人間ちゃん！」

「……そう来たか。なるほどね」

悪戯っぽく見下ろす神に、フェイは苦笑の溜息をついてみせた。

「やっぱりあの迷宮ゲームは何か異変があったんだな。その全容を知っているのはお前だけで、教えてほしければ再戦しろと」

「ふふっ。今度は負けないよ。何せ我は無敗だからね」

「その台詞が既に矛盾してないか？」

「決まりだね！」

銀髪の神が嬉しそうに眼を輝かせた。

「そうと決まればさっそく行くよ。巨神像のある地下へ！」

「……あー」

ミランダ事務長が、恐る恐る手を上げたのはその時だった。

「……あのぉウロボロス様……恐れ多くも発言をお許しいただけますか？」

「ん？　なんだい人間」

顔を曇らせる神。

興が乗ってるところを邪魔され、若干ムッと来たのだろう。

「発言を許そう。ただし三秒以内」

「三秒⁉」

「そう三秒。はい、いーち、にー……」

「巨神像は使えません」

「え？」

「なんで？」

銀髪の少女がピシリと凍りついた。

「……それはですね」

ミランダ事務長がそそくさと移動。

レーシェの背後に隠れたのは、もちろん神の怒りから身を守るためだろう。

「あれだけの大事件が起きた直後です。迷宮ゲームから帰還できたとはいえ巨神像の不具合が残っているかもしれないと。安全確認が取れるまでダイヴ禁止だと本部からお達しがありまして」

「禁止なの⁉」

「……誠に恐れ入りますが」

「我のゲームは⁉」

「もう少しだけお待ちを。その間、フェイ君をどうか好きにお使いください」

「しょうがないなぁ」

「なにその談合⁉」

フェイが叫んだ時にはもう遅かった。

ミランダ事務長は机の資料を小脇に抱え、ウロボロスもなぜか自分の部屋の鍵を胸元から取りだして。

「じゃ。私は会議があるから後は任せたよ」

「行こっか人間ちゃん。人間ちゃんの部屋でゲームの続きね」

「俺の意見は⁉　あれっ⁉」

執務室から逃げるように飛びだす事務長。

神と共に置き去りにされ、フェイは頭を抱えたのだった。

Chapter

Intermission ――このかいわ の きろくは きよかされない 02

God's Game We Play

時を、十八時間ほど遡る。


迷宮ルシェイメアは「空っぽ」だった。

ラスボスである冥界神(アヌビス)が撃破されたことで、すべての未帰還者が帰還した。

人間が去ったことで、迷宮を徘徊(はいかい)するモンスターもしばしの眠りへ。この遊戯がいつか再び始まるまでしばし静寂が訪れて――


「嘘(うそ)つき」


たった一言。

少女の醒(さ)めた声が、迷宮の最深部に響きわたった。

「冥界神(アヌビス)。これはどういうことですか？」

少女が見つめる先には、神の墓。

冥界神(アヌビス)の再開始(リスポーン)によって一度は盛大に破壊されたが、その神が再び眠りについたことで墓は何事もなかったかのように修復されていた。

「………」

それを無感情のまなざしで見つめる少女。

「冥界神。あなたは私の思想に同意してくれました。『神々の遊び』は、もうこの世界に在ってはならないと頷いてくれました。なのになぜ攻略させたのですか」

墓は答えない。

生と死の二相たる冥界神は、再び「死」という眠りについた。いつか新たな挑戦者によって起こされるまでは何者にも干渉できない。

たとえそれが神であっても。

「迷宮ルシェイメアは難攻不落の要塞でした。冥界神、ラスボスたるあなたが今のように墓の中で眠ってさえいれば良かった。神が死んでいれば迷宮は絶対攻略できない。この遊戯は詰んでいたはずだったのに……」

ふぅ、と。

その少女が弱々しく息を吐き出した。

「ここまでの準備も大変だったのですよ？『WGT（ワールドゲームズツアー）』なるものを提唱し、世界中の神秘法院を訪れる口実を作りあげた。私たちはすべての巨神像に接触してこの迷宮に繋がるよう細工した。この日のために」

少女が弱々しく拳を握りしめる。

「計画は成功し、世界中の使徒を何百人も迷宮に閉じこめた。後はあなたが死んだままでいるだけで良かったのです。未帰還者がこれ以上増えることを恐れた人間は『神々の遊び』を禁止する……そのはずだったのに……」

二つ目の溜息。

二度目のソレは、一度目よりも強く後悔の念が滲んでいた。

「あなたはなぜ蘇っ――――」


「おやおや？　奇遇だなぁこんなところで」


コツッ。

かつて闘技場があった地下空洞に、朗らかな男声が響いたのはその時だった。

降りそそぐ陽光――

大人びた金髪の青年が、光に照らされて浮かび上がった。

「何をしているのかな。ヘレネイア・ヨナ・ベネディクティン嬢？」

「…………」

少女がぴたりと口をつぐんだ。

聖ヘレネイア――金色の刺繍をあしらった黒の儀礼衣は、神秘法院本部の筆頭チームであることを表す唯一無二の証だ。

世界最強チーム『すべての魂の集いし聖座(マインド・オーヴァー・マター)』を束ねる少女が、振り向いた。

一切の感情を消し去った虚(うつ)ろなまなざしで。

「誰？」

「おっと失敬。海洋都市フィッシャーラ代表のエズレイズさ。ちなみに去年の最高新入り(ルーキー)がフェイ君で、僕は新入り二番手(ザ・セカンド)とか言われてる。少しは知名度もあるかと思ったけど、君には知ってもらえてなかったかぁ。まあ今日覚えておくれよ」

青年のおどけた口調。

だが柔和な口ぶりとは裏腹に、少女を見つめる双眸(そうぼう)には不敵な光が宿っていた。

「へぇここが迷宮の最深部かぁ」

その彼が、ぐるりと周囲を見回した。

冥界神(アヌビス)の力で破壊されつくした闘技場をしげしげと見回して。

「フェイ君が神を撃破したってさ。それで興味があって探検しに来たんだよ。せっかく潜った迷宮だし、最後がどうなってるのか気になるのが正しいゲーマーってもんだろ？」

「…………」

「しっかし未曾有(みぞう)の事態だったなぁ。世界中で何百人って未帰還者が出た。神秘法院の本部もついに君ら『すべての魂の集いし聖座(マインド・オーヴァー・マター)』を救援チームとして派遣させて……」

言葉を句切る。

無言を貫く少女へと、エズレイズはにっこりと微笑(ほほえ)んだ。

「で、何パーセントまで行ったんだい？」

「？」

「嫌だなぁ攻略値だよ攻略値。この迷宮の仕掛けを解いていくと上がるじゃないか。小数点二桁まで。フェイ君に先を越されはしたけどヘレネイア嬢もさぞ進んでただろ？　ちなみに僕は53・44パーセントで終了だった」

「………………」

「どうしたかな？　ゲームは終わったんだ。今さら隠す必要ないじゃないか」

「49・99パーセント」

「おっ！　やっぱ良いところまで言ってたんだなぁ」

うんうんと頷く青年。

その拍子に目にかかった前髪を掻き上げながら――

「はい嘘。おたくら今の今まで何してた？」

「……何のこと？」

「いやいや誤魔化しても無駄だって。この迷宮を真面目に攻略してたら今の質問って絶対間違えないはずなんだよね」

青年が自らの頭上を指さした。

ゲーム中「解放値」が浮かんでいたあたりの空中を。

「まずこのゲームのは攻略値じゃなくて解放値。攻略値なんて端子精霊(ミイプ)は絶対言ってない。今のは僕の造語」

「――――」

「あと解放値は原則小数点一桁まで。真顔で49・99パーセントなんて言うとか、この迷宮のことを何も知らない人間の台詞(せりふ)だよ」

「――――」

「そもそも可笑(おか)しな話さ。フェイ君の呼びかけで僕ら救援チームがみんな力を貸したっていうのに、本部の、それも世界最強って噂(うわさ)のチームだけは姿を見せなかった」

「――――」

「それで気になって探してみたんだ。まあここかなって思ったよ」

ちらり、と。

海洋都市フィッシャーラ代表の使徒エズレイズが見つめたのは、少女の後ろに設置された小さな神の墓だった。

「それが神さまの墓？　へえ、フェイ君が撃破したからまた墓に戻ったわけだ」

「――――」

「で？　僕には、君がずいぶん神妙な声で墓に話しかけていたように聞こえたんだよね。まるで知り合いにでも話しかけるよう――」

「なんだ。あなたただの人間ね」

少女が溜息(ためいき)。

どこか呆(あき)れたような、と同時にほっとしたような感情まじりに。

「無限神(ウロボロス)が別の人間に化けてやってきたのかと怪しんだけど。骨の髄までちゃんと人間、好奇心旺盛なただの人間ね」

「うん？　どういう意味かなヘレネイア嬢？」

人間という言い様。

まるで自身は人間以外であると、そう宣言しているかのような言い方ではないか。

『なんと不運な人間でしょう』

ざわっ。

少女(ヘレネイア)の髪が跳ね上がり、身に纏(まと)う儀礼衣が内側から膨れあがった。まるで内側から何かが盛り上がってきているかのように。

『私を見つけてしまった。その好奇心が、人間、あなたにとっての不運です』

「なっ⁉」

咄嗟に、本能的に、反射的に。

およそ尋常ならざる強大な気配に圧され、エズレイズは跳び退いた。

「ヘレネイア嬢!? 君はいったい……!?」

『この迷宮で喩えるなら、駆け出しの冒険者が禁じられた領域で裏ボスを見つけてしまった。それは幸運ではなく不運以外のなにものでもない』

少女の姿をした何かが右手を持ち上げる。

その人差し指が青年を指さして――

『眠っていてください。私の計画が叶うまで』

ずっ……。

その奇怪な音は、空中に生まれた黒渦にエズレイズの両腕が沈みこんだ音だった。

両腕が動かない。

抵抗しようにも続いて両足までもが宙にできた黒渦に呑みこまれていく。

「お、おい!? 何だ、何の冗談だヘレネイア嬢。これが君の神呪……!?」

『ヘレネイア?』

少女の姿をした何かが、きょとんと首を傾げる。

『ああ、それは私の人間としての名前でしたね。今は違います』

「何っ!?」

『ごめんなさい。そしてあなたの好奇心を憐れに思います。十年の辛抱。それくらいで解放できるでしょう』

青年が異空間に沈みこんでいく。

その刹那。

「エズせんぱーい？　せんぱいどこですかー？」

「もー。またウチらを置いて勝手に探検して。罠が残ってたら大変ですよ！」

陽気な少女たちの足音が。

ここ闘技場に、エズレイズと同じ儀礼衣を着た少女二人が暢気な足取りで姿を現した。

どちらも彼と同じくフィッシャーラ支部の使徒たちだ。

この迷宮の未帰還者だったところを彼に救出された身でもある。

「先輩？」

「先輩ってばどうかしました？　うずくまっちゃって」

「……いやぁ」

後輩二人の前で、膝をついていた姿勢から起き上がる。

じっとりと汗で湿った額。そこに張りついた前髪を何事もなかったかのように掻き上げ、金髪の青年は朗らかに笑ってみせた。

「悪いねレンチャ、マリアージュ。ついつい探検したくなってさ」

「もーっ！」

「やっぱりですか！　先輩ってばすぐそうやって遠出するんだから。あたしたちいい加減、ゲームの外に出たいんですってば！」

頬を膨らませて怒る少女たち。

そんな愛らしい後輩にふっと微苦笑して、エズレイズはふぅと息を吐き出した。

背筋を流れる冷たい汗。

陽気な口ぶりで隠したその水面下で、エズレイズの体温は冷たく凍えきっていた。

「よし帰ろう。いやぁ良いタイミングだったよレンチャもマリアージュも。可愛い後輩のおかげで僕も命拾いしたかもな」

「？」

「何のことです？」

「いやいやこっちの話。全然気にしないで、さあ行こう」

二人の背中を押して歩きだす。

笑顔を繕うエズレイズが、一度くるりと振り返った神の墓——

少女だった何かは、もう何処にもいなかった。

「……さて。神秘法院に報告しても誰が信じてくれるかな？」

エズレイズ・ソア・シミター。

昨年のフェイに次ぐ新入り二番手(ザ・セカンド)として知られる青年は一時間後、迷宮ルシェイメアから脱出した。

＝＝＝

迷宮ルシェイメア。

その最深部から人の気配が消えて再び静寂が訪れる。モンスターたちが眠り、冥界神(アヌビス)も墓の下で眠りについたその場所で。


『……私の読み間違いだったのですね』


溜息(ためいき)にも似た波動(こえ)を聴く者は、もはや誰一人として存在しなかった。

独り言。

誰に聴かせるつもりもない波動(こえ)が。

『蛇(ウロボロス)が危険因子だと思っていた。だけど』

『真の危険は蛇(ウロボロス)ではなかった。あのフェイという人間だった……!』

ぱらぱら、と。

響きわたる神の波動(こえ)に圧(お)され、剥き出(むだ)しの壁から石の破片が落ちていく。

『止めないと』

『神々の遊びが攻略されてしまったら、今度こそ、私は人間を守りきれなくなる……』

悲愴感と。

それ以上に強い決意を湛えた言霊が、激闘を終えた迷宮にこだました。

『神々の遊びを攻略させるつもりはありません、人間』

Chapter

Player.6　神の寵愛

God's Game We Play

1

秘蹟都市ルインのビル群が、朝陽を反射する。

朝六時——

神秘法院の宿舎はまだ静けさに包まれている。今日は休務日。多くの者がまだベッドで微睡んでいることだろう。

フェイも例外ではない。

迷宮ルシエイメアから帰還し、その日の夜遅くまでミランダ事務長から聴取を受けて、ようやく身体を休められる……と思っていた。

「もしもし！　おはようございますですわ！」

豪快な少女の挨拶が、早朝の静けさを吹き飛ばした。これだけの大声なら隣の部屋まで響いているだろうが、そんなのはお構いなしらしい。

「ご機嫌ようフェイ！」

「……ええと朝から元気なその声は……」

「アニータですわ！　選ばれし乙女の花園チーム『女帝戦線（エンプレス）』の創設者兼リーダーにして、今年最注目の新入り（ルーキー）と呼ばれる予定のアニータです！」

アニータ・マンハッタン。

扉の向こうから名乗った通り、理想の乙女チームを目指している少女である。

パールとネルとレーシェの三人をまとめて勧誘しにかかったものの、あえなく撃沈したのも記憶に新しい。

そんな彼女がなぜこの早朝に？

「あー、ちょっと待った。いま着替えるから」

寝間着から私服へ。

いつもなら神秘法院の服を着るところだが、今日は休務日なので気楽なシャツ姿で。

「おはようございますわフェイ！」

扉を開けた先で、派手なピンク色の髪をした小柄な少女が一礼。

年齢は十五歳。神秘法院の使徒のなかでも最年少である。フェイと違ってこちらは神秘法院の儀礼衣姿だ。

「……おはよう。どうしたのさいったい」

「その前にですね」

キョロキョロと辺りを覗（うかが）うアニータ。

「部屋に入れてくださいませんか？　ほら、ここは男性寮……ウチのような可憐（かれん）な乙女がこんな野蛮で汚い寮を訪れたことを知られたら、ウチの名誉に傷がつきますし」

「お帰りください」

「あああああっっ!?　わ、わかりました部屋に入れてください！　朝は寒いからここでずっと立ってると風邪を引いてしまいそうですの！」

アニータが部屋に滑りこむ。

そんな彼女をリビングまで案内して、フェイは改めて溜息をついた。どうやら彼女は、自分には用がないらしい。

「で、俺の部屋の前で誰を待ってたんだ？」

「あら？　ウチがウロボロスお嬢様を待っているとなぜわかったんですの？」

「自分で『ここでずっと立ってる』って言っただろ。俺の部屋の前で誰かを待ち伏せしてたのかなって」

「ふふふ、よくわかっているではありませんか！」

アニータがソファーに腰掛ける。

クッション具合を確かめるためか、二度三度座り直しつつ。

「ウチの下調べにより、ここ数日、あのウロボロスお嬢様があなたの部屋にゲームをしに通っているのは判明済みですの」

「……ウロボロスって、あのウロボロス？」

「銀髪で超可愛らしくて、大きな目をした女の子の神さまですわ」

「何のために？」

「当然！　ウチのチームにお入り頂くためです！」

そう宣言してすぐに、アニータが何やら渋い表情で口をつぐんだ。

一言一言噛みしめるような面持ちで。

「……先日、ウチの計画は失敗しました。三人の乙女をチームに迎え入れる計画はあえなく断られてしまったのです。原因は、お姉さま方があなたのチーム員であったこと」

〝レーシェお姉さま、パールお姉さま、ネルお姉さま！〟

〝我がチーム『女帝戦線』で、特別客員の席をご用意いたします！〟

その勧誘は失敗した。

ごく当然ではあるのだが、アニータの言うようにこの三人は自分とチームを組んでいる。突然の彼女の勧誘に頷くわけがない。

「ですがウチは気づいたのです！　チームの引き抜きが難しいならチーム外のお姉さまを狙えばいいのだと！」

「え？　ああそれでウロボロスか」

神はチームメンバーではない。

使徒ではないから神秘法院の名簿にも当然載っていないから、確かに勧誘は可能だろう。

もっとも理論上の話だが。

「一応言っておくけどアイツを誘うって結構ヤバいぞ？……迷宮で、アイツがほんの軽い気持ちでモンスターを吹き飛ばすのを見てたし」

「身の危険など承知の上ですわ」

アニータが自信ありげに胸を張ってみせた。

「既に一度、ウロボロスお姉さまの怒りに触れてコンクリートの地面に二十センチほど埋められた身ですから！」

「懲りないな⁉」

「攻略難易度の高いお姉さまを攻略してこそ、我がチームはいっそう輝くのです！」

と。

そんな矢先に、インターホンの音が響きわたった。

「おはようございますフェイさん！」

「朝よフェイ！」

「早朝から失礼するフェイ殿。朝食を用意してきたのでいかがだろうか」

扉の向こうから少女たちの声。

それから一テンポ遅れて、なんとも天真爛漫でよく通る声が——

「人間ちゃん！　無敗の我が遊びに来たよ！」

「ウロボロスお姉さま⁉　それにパールお姉さまレーシェお姉さまネルお姉さまも⁉」

アニータがソファーから飛び降りた。

一直線に廊下を走って行って、勢いよく玄関口の扉を開けて。

「ようこそいらっしゃいました皆さま！　ささどうぞお上がりになっ…………あれ？」

アニータは異変に気づいた。

いずれも可憐な「お姉さま」勢が、とても迫力ある顔つきになっていたことに。

「……お、お姉さまがた……？」

「おやおや」

口火を切ったのはネルだ。

「どういうことだ、なぜフェイ殿の部屋にいる？」

「あたしたちより先にここを訪れて、何をしていたんですか？」

「よそ者は摘み出さないといけないわね」

「我に黙って人間ちゃんに手を出すつもりかな？」

「〰〰〰〰〰〰〰っ⁉　ち、違います違います！」

アニータが慌てて後退。

命の危機を感じとったのか、フェイの後方に身を隠して。

「こんな男なんて興味ありません！　ウチはそう、ウロボロスお姉さまに会いたかっただけですわ！」

「ん？　我？」

銀髪の少女がきょとんと瞬き。

「誰だい？」

「覚えてないのですか⁉……い、いえ。ウチとお姉さまの青春をもう一度ゼロから始めることができると思えばそれもまた良し！　ウロボロスお姉さま、ウチはアニータと申します。どうかお見知りおきを」

……そりゃそうか。神さまだもんな。

……興味あるのはゲームが得意な人間で、それ以外はお呼びじゃないと。

実に神らしい対応だ。

むしろここは、人間どころか神にさえ臆さずチームに勧誘しようというアニータの熱量を褒めるべきかもしれない。

「あ、でも逆もあり得るのか。アニータが神を勧誘してんじゃなくて、神の方がアニータを魅了する力があるとか。なんてまさかな」

「そうだよ」

「そうなの⁉」

ウロボロスのまさかの答えに思わず聞き返してしまった。

「いや……今の適当に言ったんだけど、もしやそういう力が本当にあるのか？」

「うん。なにせ我は神だしね……んー。でもおかしいなあ？」

銀髪の少女が首をかしげた。

何やら意味深にこちらを見上げた後、おもむろに近づいてきて肩をすり寄せて来たのだ。

まるで子猫が人間に身体をすり寄せるように。

「……説明を求めていいか？」

「試してるんだよ。そっちの人間には効果あるのになぁ」

袖を掴んでくるウロボロスが、目先でアニータとこちらを見比べて。

「人間ちゃん、我にときめかない？」

「……どういう意味で」

「我ってとっても良い匂いするんだよ。ほら我ってば人間ちゃんとゲームしに来たよね。いざとなったら有無を言わさず連れて行こうかなって。だから至近距離で、こっそり我に魅了されて虜になる匂いを醸しておいたんだけど」

「そんなヤバいの放出してたのか!?」

「感じない？」

「全然。種明かしされた今も気づかない」

「それが不思議なんだよねえ」

むーっ、と何とも可愛い顔で首を傾げる神。

種明かしをされてみれば笑えるほどに力ずくな神の御業だが、一方の自分はというと、言われるまで気づきもしなかった。

「それ冗談か？」

「まさか。ほら人間ちゃんに効かない代わりに、近くにいたこっちの人間に効いてる」

「……それがアニータだと？」

「ん？　人間ちゃんコレはなんだい？」

神（ウロボロス）がはたと顔を上げた。神妙な眼差（まなざ）しでこちらを見上げたまま、フェイの服の裾をぎゅっと引っ張って、自らの鼻先を近づける。

「人間ちゃん」

「何さ、そんな改めて」

「ずいぶん神に愛されてるね。どんな神がいつ仕掛けたか知らないけど」

「え？」

「人間ちゃんの神呪（アライズ）って、人間ちゃんを守る障壁（バリア）とか結界とかそういう系？　しかも自動で発動する神の加護的なやつ」

「……あー。そういう括（くく）りになるのかな。俺もよくわかってないんだけど」

超人型、分類（タイプ）「神の寵愛を授かりし（メイユア・ゴッド）」。

これは擦（かす）り傷から致命傷、悪意、呪い、運命、あらゆる神々の干渉さえ問答無用で消し飛ばしてフェイを復元する力だ。

神（ウロボロス）に言わせるならば——

それは「自動で発動する神の加護」という表現になるらしい。

「これだ！」

ウロボロスが大きく手を叩いた。

「この神呪が我の干渉を邪魔してるんだ。人間ちゃんが我にときめいて虜にならないのもすべては——」

「ふうん?」

熱弁する神の真後ろで。

レーシェがぎらりと目を光らせたのは、その時だった。

「つまり新入りは、全身から甘い匂いを放出してこっそりフェイを誘惑し続けていたと。ずいぶん小賢しい事をするじゃない……」

「ぎくぅっ!?」

ウロボロスが身震い。

銀髪を振り乱してレーシェに向き直るが、その可愛らしい顔は既に隠しきれないほど引き攣っていた。

「ち、違うよ! これは我の初期設定……神たるもの人間を大切にし、人間と仲良くするものだからね。良い匂いの一つや二つ出るものさ!」

「フェイの至近距離で、フェイにしか発動させていなかったのよねぇ?」

「そ、それは……!」

部屋の隅に追いつめられる神。

だが左右もネルとパールに取り囲まれて、既に包囲網は完成されていた。

と――

机に置いていたフェイの通信機が鳴ったのは、その時だった。

『や！　朝早くから悪いねフェイ君』

「おはようございます事務長。休日に連絡が来るの珍しいですね、今日は事務長もお休みじゃなかったですか？」

『休日出勤さ。正確には昨晩からの残業の続きだけどねぇ……』

はぁ……。

私の溜息を聞けと言わんばかりの溜息が。

『というわけで休日の朝早くから申し訳ないけど。フェイ君、ちょっとだけ私の休日業務に付き合ってもらっていい？　このまま本題に入るけど』

「――って事務長が言ってるけど、いいよな？」

ちらりと目配せ。

チームメイトの少女たちが頷くのを確かめて。

「大丈夫ですよ。ちょうど全員来てるので」

『本部から打診があったよ』

「これまた思わせぶりな言い方ですね。何の打診です？」

『迷宮ゲーム事件で禁止された巨神像へのダイヴ。あれの安全が確認されたからテストダイヴを行いたいってさ。その要請』

「あれ？　安全が確認されたのにテストする必要があるんですか？」

『当然の疑問だね。要するに本部が確認できたのは本部の巨神像だけ。今回の迷宮ゲームって世界規模の異常現象だったし、他の巨神像でも安全テストがしたいってこと』

白羽の矢が立ったのだ。

さらにいえば本部が自分たちを指名した理由も想像がつく。

「もしも巨神像が直ってなくて迷宮ゲームに繋がっていたとしても、俺たちは迷宮を攻略済みだから問題ない」

『話が早くて助かるよ』

「あの迷路をもう一度はさすがに勘弁ですけどね」

通信機ごしに苦笑い。

「ちなみにテストプレイは俺たちだけですか？　巨神像にダイヴした先で『神々の遊び』が正常に始まるなら、俺たち四人じゃ少なすぎるかなって」

『そそ。だから迷宮ゲームを経験済みのチームにも呼びかけてるよ』

「アシュラン隊長ですか？」

『うん。「俺も!?」って嫌がってたけど渋々了承してくれたよ。あと有志で参加希望者を募るけど、そっちはあまり期待しないで』

「わかりました。詳しい話はまた連絡をください」

通信機を切ろうとして――

そこにアニータの絶叫がこだました。

「待ったぁぁぁっっっ！　待つのですフェイ、通話を切らないで！」

「あ、ごめん事務長の方が切った」

「事務長!?……ま、まあ構いませんわ。後ほど希望者を募るという話なら、そこで申し込みすればいいだけですし」

アニータがこほんと咳払い。

「お姉さま方が参加する遊戯、ウチもお付き合いさせて頂きます！　ウチの実力を証明すれば我がチームに興味を持たれることでしょう！」

『……えー』

「なぜ嫌そうなのです!?　ちょ、ちょっとお姉さまがた!?　ウチも参加させてくださいってば。荷物持ちでも何でもしますから！」

その一時間後。

土下座し続けての必死の訴えにより、アニータの参加が決定したのだった。

2

数日後——

神秘法院ビルの地下『ダイヴセンター』。

巨神像が並ぶホールには、総勢二十人近くもの使徒が集結していた。

アシュラン隊長率いる『猛火(ブレイズ)』が十二人。

フェイ、レーシェ、パール、ネル。

ここまでは本部からの指名を受けた十六人だが、加えて『女帝戦線(エンプレス)』を率いるアニータがテストプレイヤーに志願。さらには——

「喜べ人間ちゃん、無敗の我がついてるよ！」

昇降機(エレベーター)から飛び出す神(ウロボロス)。

こちらもフェイと一緒に地下までついてきた。

「おはようございますレーシェ様」

ホールに立っていたミランダ事務長が、先頭のレーシェに会釈。

光を放つ巨神像を指さして。

「ご覧のとおり準備は整っています。巨神像の繋(つな)がる先が正常かどうかのテストですが、通常どおりダイヴして頂きます。その先で新たな『神々の遊び』が始まったら正常です。前の迷宮に繋がってしまったら異常が残っている。判別は簡単です」

ミランダ事務長が懐に手を伸ばす。

その指で摘(つま)むように取りだしたのは、小型の撮影機器だった。

「本部からの要請です。今回はテストプレイのため全世界への生放送(ストリーム)は無し。神眼レンズの所持は必要ないとのことです」

「わたしは最初から付けてないわ！」

「……本当は付けてほしいんですよ。ってわけでフェイ君、アシュラン隊長」

事務長がくるりと半回転。

「この通りカメラも放送もないから、好きな時に始めちゃって」

「あいよ。わかりましたよっと」

アシュラン隊長が大きく深呼吸。

「にしても『神々の遊び』って最低二週間は空けるんだがな。あの迷宮から数日後にもうダイヴとか、前代未聞の過密スケジュールじゃねえか」

「隊長は疲労とか残ってます？」

「それは無い。昨日も一昨日も超爆睡したからな！」

フェイの言葉に、アシュラン隊長が強気に吼えた。

その勢いで両の頬をパンッと叩いて。

「よっしゃ！　先いくぜフェイ！」

弾みをつけて駆けだした。

巨神像――

竜の頭部を象った口が大きく開き、その先に光の扉が形成されている。

「いくぜお前ら、突撃だ！」

そしてダイヴ。アシュラン隊長、続いて彼の部下である『猛火』のメンバーが次々と巨神像へと身を投じて消えていく。

「さあ行くわよ！」

「わっ⁉　ちょ、ちょっと押さないでくださいレーシェさん⁉」

「こ、こらパール、手を引っ張って道連れにするな⁉」

続くレーシェ。

さらにレーシェに背を押されたパールと、そのパールに手を引っ張られたネルの三人が転がりこむように巨神像へと消えていく。

「あ、待ってくださいお姉さま方⁉」

それを追って飛びこむアニータ。

最後に残ったフェイも、神(ウロボロス)に腕を引っ張られて走りだす。

「そうだウロボロス。昨日も言ったけど今回は俺たちテストプレイだから。お前のゲームで遊ぶのはこの次ってことで」

「わかってるよ人間ちゃん！　だからさっさと攻略しちゃおう！」

巨神像を指さす神(ウロボロス)。

スキップ調で床を跳ねるように走っていって、そして竜の頭部へと飛びこんで——

ジッ……。

青白い火花が迸(ほとばし)ったのは、その時だった。

神(ウロボロス)の身体(からだ)が、巨神像から弾(はじ)かれた。

「もぉまたか――――――っ！」

「ウロボロス⁉」

巨神像に飛びこんだフェイと、弾（はじ）かれるウロボロス。両者の伸ばした手があと数センチのところですれ違った。

……また神（ウロボロス）が弾かれた⁉

……待てよ。だとしたら話が違うんじゃないか！

これは正常化のテストプレイだ。

巨神像の機能が正常ならば神（ウロボロス）が弾かれるはずがない。迷宮でもそうだ。神（ウロボロス）が強制的に弾かれたのは何かしらのイレギュラーが発生していたから。

つまり。

「巨神像は最初から直っちゃいなかった⁉」

まずい。

何か予期せぬ異常が再び起きつつある。

そう思った時にはもう、事務長や神（ウロボロス）の見ている前で、フェイは巨神像へとダイヴしていた。

Chapter

Intermission.0 少女と少年

God's Game We Play

ずっと昔。

現在から十年以上も前のこと――

フェイ・テオ・フィルスという名の少年は、幼い頃から遊戯(ゲーム)の神童として世間から知られていた。

ただ、少年(フェイ)も最初から遊戯の才が花開いていたわけではない。

遊び相手がいたのだ。

「お姉ちゃんと遊んできたの。でも今日も一回も勝てなかった」

彼にとっての唯一無二の遊び相手は、世界最高の遊戯の先生でもあった。

少年(フェイ)しか知らないお姉ちゃん。

何処(どこ)からともなくやってきて、何処へともなく去って行く。

それは真っ赤な髪をした綺麗(きれい)な少女だった。

カードゲーム、チェス、ビリヤード、あらゆるゲームで戦いを挑みながら何千回という敗北を重ね、少年は「鍛え」続けられてきた。

『すごいわフェイ』

『どんどん強くなってる』

お姉ちゃんから褒められることが、少年(フェイ)にとって何よりのご褒美だった。

『最初はわたしに勝てなくて、でもキミは諦めず強くなった』

『それがとても嬉(うれ)しい』

夢のような日々。

喩(たと)えるならば、輝くシャボン玉に包まれた二人だけの世界。二人だけの遊戯の時間。

が。それは長くは続かなかった。

少女はある日、目の前から忽然(こつぜん)と立ち去った。

だから自分(フェイ)は探し続けていたのだ。

今の自分があるのは彼女のおかげだと。赤い髪のお姉ちゃんに「ありがとう」と御礼を言うために。もう一度出会いたい。


〝俺が探してるのは、髪が真っ赤な女の子です〟

…………

……………………

……夢……？

……俺は……なにを急に思いだしてるんだ？

……神々の遊びのテストプレイを頼まれて……巨神像に飛びこんだのに……

もうすぐ遊戯が始まる。

巨神像からのダイヴ先でみんなが待っている。飛びこんだ先の霊的上位世界(エレメンツ)で。

そう思っていた。

「——っ⁉」

瞼(まぶた)を持ち上げる。

光あふれる巨神像に飛びこんだ先に、あるはずの霊的上位世界(エレメンツ)が無かった。

何もない。

一センチ先も見えない真っ暗闇。足には地面の感触がなく、手を思いきり前に伸ばしても何にも触れない。

気体なのか液体なのか、その中間じみた質感の生温(なまぬる)い気流に包まれて——

自分(フェイ)は、真っ黒い空間を漂っていた。

初めて見る霊的上位世界(エレメンツ)。

ここが次の神の遊び場か？　だとしたら仲間も近くにいるはずなのに。

「レーシェ？　レーシェ！」

返事はない。

一片の光も差さない無明の空間に、声が吸いこまれるように消えてしまうのだ。

「パール、ネル！　アシュラン隊長!?」

返事もなければ姿も見えない。

自分の呼吸音だけが微かに響いて、あとは誰一人として声も足音も聞こえない。

……この世界は何だ!?

……ここにいるのは俺だけ？　じゃあ他のみんなは何処へ行ったんだ!?

しばし黙考。

頭に過った一つの可能性。

まさか逆なのか？　他の仲間がみんな何処かへ行ったのではなく――
・・・・・・・
「飛ばされたのは俺の方……？」

『神の霊的上位世界』


響きわたる言霊。

無数にこだまする声が、語りかけてきた。

沁みわたるような慈しみと、愛と、そして一握の悲哀を湛えて。

『巨神像に細工をしました。巨神像を通過する瞬間のあなただけを狙って、この場所に引き込めるように』

「っ!?」

この囁(ささや)くような声が、神？

無明の世界のなかで安らぎのある響きが伝わってくるが、姿は見えない。

「アンタは誰だ、この霊的上位世界(エレメンツ)の神か？」

『――――』

「巨神像に細工をしたって言ったな。つまりこういうことか？　冥界神(アヌビス)の迷宮に余計な悪だくみを付け加えたのはお前だって」

返事はない。

そのぞっと冷たいほどの静寂が、逆に何よりも雄弁に語ってくれている。

……俺一人を狙って引きずり込んだ？

……他のみんなは別の場所にいる？　だとしても何で俺だけ……

一つだけ直感めいた確信がある。

いま囁きかけてくる神の声には、神々の遊びを始めようという気配を感じない。

『私が誤っていたのです』

声は突然に返ってきた。

『あの迷宮ゲームは絶対に攻略できないはずだった。それを唯一力ずくで突破してしまう危険因子が蛇(ウロボロス)だった。だから私は、こちら側の存在を気づかれることも承知で蛇(ウロボロス)を迷宮から除外したのに』

「……アンタが⁉」

『見誤っていました。蛇(ウロボロス)ではなかったのです』

無明の世界で。

名も姿も未知である神が、蕩々(とうとう)と続きを告げた。

『真の危険因子はあなただったのですね』

ぞくっ。

フェイの背筋から爪先まで、全身の血液が凍りつくような寒気が駆けぬけた。

重圧感ではない。

心地よいほど穏やかで安らかな声。だからこそ怖いのだ。

人智(じんち)を超えた畏怖を有無を言わさず植えつけるがごとき、大いなる力を感じずにはいられない。その声が——

『しばしここで眠りなさい』

「————っっ!?」

強烈な目眩(めまい)。

鎚(つち)で頭を殴られたような、意識を断ち切る酩酊(めいてい)感。それが神の誘う抵抗不能の「睡魔」

だと気づいた時にはもう、フェイの意識は半ば引きちぎられかけていた。

　意識が——

　繋いでも繋いでも——千切れ——紙切れのように吹き飛んで——いく。

　……眠れ……だって？

　……俺を……どういうつもりで…………

『ここは世界で、いえ霊的上位世界でもっとも安全で心安らぐところ』

　眠りに誘う甘美な声。

『あなたには眠っていてほしいのです』

「……何……を……っ！」

『不安など何一つありません。なぜなら私は誰より遊戯を愛しているから。私はあなたも、あなたの仲間も、人間も、この世界も、神々もみんな大好きです。大好きだから守りたい。だからこそ「神々の遊び」は存在してはいけないのです』

「っ……!?」

　どういうことだ。

　神々の遊びが存在することがなぜいけない？

　そう口にしようと思っても唇が動かない。神の睡魔によってもはや指一本動かせず、宙に浮かんだまま氷漬けのような状況だ。

『あなたが目覚めても人間の世界は何一つ変わりありません。ただ神々の遊びがなくなる。

それだけだから』

「………………」

冗談じゃない。

意識を無にしようとする睡魔に包まれながら、朧気に霞んでいく視界のなか、フェイは、声のする無明を死に物狂いで睨みつけた。

……望んでもない場所にヒトを誘い込んで。

……望んでもない場所で眠っていろ？　そんなのまっぴらご免だ。

何よりも――

自分以外の皆がどんな表情で自分を探していることか。こんな異空間にはぐれたことも知らず、どんな心情で待ち続けているか。

そんなの想像もしたくない。

『恨まれても構わない。でも私はそうしなくてはならないの……』

遠ざかっていく神の声。

神が遠ざかって行くのではない。自分の意識がそれ程までに消えかけているからだ。

神の誘う眠りの奥底へ沈んでいく――

『さようなら。あなたが未来の世界で幸せになれますように』

その時。

醒めない夢に沈んでいく意識の底の底の、奥底で。

誰かの声を聴いた気がした。

いや、思いだした。

〝神（わたし）が神呪（アライズ）をヒトに授けるのは、これが初めて〟

〝……お姉ちゃん？〟

〝我が名は――――――。キミがもう一度――――――時まで、その身に降りかかるすべての災いからわたしの血が守るから〟

〝だからこの神呪（ちから）の名は「神の寵愛を授かりし（メイ・ユア・ゴッド）」〟

闇が弾（はじ）けた。

フェイが鮮やかな炎燈色（ヴァーミリオン）の炎に包まれるや、その意識を無にしようとする神の睡魔を吹き飛ばしたのだ。

――超人型、分類（タイプ）「神の寵愛を授かりし（メイ・ユア・ゴッド）」。

フェイを傷つけるあらゆる悪意、呪い、運命、神々の干渉さえ問答無用で消し飛ばす。

ある神が授けた期間限定の無敵の加護。

『そんなっ!?』

無明の先で神が叫んだ。

人間に差し向けた神の力が、別の神の加護によって弾かれたのだ。

……ビシッ。

フェイの背後で無明の霊的上位世界がひび割れた。

『っ！　待ちなさい！』

闇の向こうから「手」が見えた。

ひび割れた霊的上位世界から解放されるフェイを逃すまいと、手を掴もうとして伸ばしてきた神の腕は――

神秘法院の儀礼衣を着た少女の腕だった。

黒を基調に、華やかな黄金色の刺繍がされた服が微かに見えて。

『あなたをここから出すわけには――――っ！』

その手が空を切る。

闇に包まれた世界で神が声を張り上げるのを目の当たりにしながら――

フェイは、未知の神の霊的上位世界から解放された。

Chapter

Player.7　神樹ユグドラシルの森

God's Game We Play

1

高位なる神々が招く「神々の遊び」。

世界中から一握りの者が神のみぞ知る基準によって選ばれ、力を与えられて使徒となり、霊的上位世界への行き来が可能になる。

どんな空間で、どんな遊戯(ゲーム)が待っているのか。

すべては神次第。

そして――


「フェイ殿!?」

「フェイさん！　見つけましたレーシェさん、こっちです！」

「おいフェイ!?　しっかりしろよおい!?」


肩に衝撃。

手荒なほどに肩を強く叩かれている。その衝撃と痛みで、夢心地のような無意識下から、徐々に意識が覚醒していった。

…………俺……は……？

……ここは……？

誰かの声が聞こえる。誰かに肩を叩かれている。

うっすらと。

フェイが瞼を持ち上げたそこに、霞んだ視界ながらも見覚えのある顔が。

「目を開けた！　フェイ殿わかるか！　いまレーシェ殿を呼んでくる！」

黒髪の少女が叫ぶや背を向けて走りだす。

そんな彼女と入れ替わるように、金髪の少女と茶髪の男がこちらを覗きこんできた。

「フェイさん！」

「おい！　フェイ、さっさと起きやがれおい！」

「……っ……」

目をこする。

上から覗きこまれている——その事実にようやくフェイは、自分が緑の大地に倒れていることに気づいた。

「……パール？　アシュラン隊長？　あれ。じゃあ俺は……」

あたりを見回す。

まだうっすらと混濁する意識のなか、遠い記憶のように蘇るのは無明の異空間。

ここは違う。

立ち上がった先には、天を衝くほどの大樹が連なる大森林があった。

大地には鮮やかな花が咲き乱れ、頭上を見上げれば、大樹の葉から差しこむ木漏れ日が清廉な輝きを放っている。

「まったく人騒がせな。一人だけこんな森の奥地に倒れていたのですね」

振り向けば。

派手なピンク色の髪の少女が、やれやれと腕組みしていた。

「ウチにアシュラン隊長、それにお姉さま方でたっぷり一時間は探しましたわ。普段から最高の新人とか言われているのですから、もう少し自覚を――」

声が途切れた。

はるか彼方の大樹の方から響きわたる、自分を呼ぶ声ですべてが吹き飛んだ。


「フェイ！」


炎燈色の軌跡。

炎のごとく煌めく長髪がなびく姿を、自分は、なかば無意識のうちに追いかけていた。

赤い髪のお姉ちゃん。

「あ……」

「フェイ、無事だったのね！」

いつにないほど真剣でまっすぐな瞳をした竜神レオレーシェと――幼少期の恩人である彼女（おねえちゃん）が重なって見えたのは、これが二度目だろうか。

「もうっ！　すっごく探したのよ。この森めちゃくちゃ広いんだから。わたし一人でざっと五百キロ向こうまで走りまわったけど見つからないし！」

全速力で走ってきたレーシェが急停止。

「きっとアレね。巨神像でキミ一人だけ遅れてダイヴしたから、それで転移座標がズレたのかしら。ミランダってば巨神像が直ってるって言ってたのに、まだ完全に直ってないじゃない。ってフェイ聞いてる？」

「――……あ。ああもちろん」

「フェイどうしたの、具合悪い？」

「い、いや！　もう大丈夫だから！……たぶん」

慌てて首を振ってみせた。

これで二度目の空目だなんて、さすがに恥ずかしくて言えやしない。

「？」

レーシェがきょとんと瞬（まばた）き。

だが不思議そうな表情もそこそこに、真っ赤な髪の元神さまが微笑してみせた。

「まあいいわ、無事そうだし」

「……心配かけてごめん。俺もまだ動揺してる。まさか別の――」

そう言いかけて。

フェイは、ハッと自分の立っている大森林を見まわした。

燦々と木漏れ日が差しこむ心地よい森。

……ここは別の世界？

……俺が閉じこめられた真っ暗な霊的上位世界とは別物だ。

逃れられたのか？

どれだけ辺りを見まわしても、耳を澄ましても、先ほどの神の声は聞こえてこない。

だとしたらここは――

「少なくともあの迷宮ゲームの中じゃねえ。それと別の霊的上位世界だよ」

部下を従えたアシュラン隊長が、やれやれと溜息。

そびえたつ大樹を見上げて。

「でけぇ木だよな。それに比例して森自体もとんでもなく広い。お前が行方不明ってんで俺らも小一時間ほど探検したんだが、どこまでいっても森の中だ。広さだけなら迷宮にも並ぶんじゃねえか？」

「……そうですか」

無意識のうちに胸をなで下ろす。

ならば、ここの世界の神は？

あの亜空間にいた謎の神と別であれば、この場はひとまず安心と言えるだろう。

「アシュラン隊長、ここの神さまは？」

「まだお目にかかってねぇな。お前も見つかったことだし、そろそろ何かイベントが進行してほしいところだが」

アシュランがあたりを見回した、その矢先に——


『神樹ユグドラシルの森へようこそー』


陽気な声。

フェイたちが見上げる大樹の枝から、薄緑色をした精霊が降りてきた。

『わたくし、この森に暮らす端子精霊（ミイプ）です。皆さまこの森は初めてですか？』

「もちろんですわ！」

ここぞとばかりにアニータが即答。

「神秘法院のデータにもこのような森は無かったように思いますわ。端子精霊（ミイプ）さん、このそびえ立つ大樹がユグドラシルなのですね」

『はい。これがユグドラシルの芽で、この森がゲームの場（フィールド）です』

「？」

アニータが瞬き。はて「芽」とは？

目の前に、樹齢何百年であろう大樹がそびえ立っているではないか。

『皆さまが見上げているのが、神樹ユグドラシルの種子から生まれた若葉です』

「若葉ですって⁉」

『その通り。神樹ユグドラシルの本体はここから遙か先。ここはユグドラシルの次世代となる芽が成長するための森なのです』

「……マジか。つくづく神さまってのはスケールがでけぇな」

アニータの言葉を継ぐアシュラン隊長。

「で？　まさかそのユグドラシルが神さまって言うんじゃねえよな？」

『お相手する神々はこちらです！』

神・・々？

その言葉から生まれた疑問をフェイが口にするより早く、樹齢何百年という大樹から、次々と何者かが降ってきた。

全部で九体。

――端子精霊ほどの大きさしかない碧色の羽根の妖精。

――人間のような四肢が伸びた人間サイズの樹人。

――ほぼ樹のような外見の二メートル近い精霊。

三種類が三体ずつ。

それが端子精霊の背後に、規則正しく並ぶように降臨したのだ。

『ご紹介しましょう。妖精ニンフ、樹人ドライアド、樹精トレントの皆さまです！』

「ま、待ってくれ！　九体いるぞ!?」

ネルが目を見開いた。

「神々の遊びは神vsヒト多数のはず！　これではまるで」

『これは神々チームvs人間チームの遊戯です』

「……何だと!?」

ネルが絶句。

理不尽な神との遊戯には慣れている。

だが「神々」との遊戯は、どれだけ過去を遡っても神秘法院のデータにない。

『わわっ！　遂に人間が来たのね！　本物の人間よ！』

妖精ニンフが大はしゃぎ。

フェイのちょうど頭ほどの高さを浮遊しながら、その小柄な身体には似ても似つかぬほどの声量で。

『アンタたち運が良いわねー。アタシたちちょうど遊び相手を探してたの。だからたくさん遊べる遊戯を用意したわ。ま、勝つのはアタシたちだけどー？』

『ニンフ、せっかくの遊び相手をそう挑発するものではありません』

続いて樹人ドライアド。

こちらは妖精ニンフとは対照的に大人びた女声だ。

『神とはいえ決して驕らず威圧せず。人間の心を開いて、ゆっくりじっくり可愛がってあげるのですよ』

『うっわー、ドラちゃんの悪趣味ぃ』

妖精ニンフ三体がけらけら笑い。

そう、三体いる妖精も樹人も驚くべきことに異口同音。三体がどれもまったく同じ台詞を同時に喋るのだ。

『トレント、お前も何か言ってよ！　ねえねえ！』

『――――』

『あ、そっか人語喋れないもんねー。アタシがお喋りだからいいけどさー』

宙を飛びかう妖精三体。

高さ三メートルほどまで上昇し、人間側をじーっと観察して。

『さあ実を四つ用意しーましょ』

妖精がパチンと指を打ち鳴らす。

轟ッ、と嵐のような膨大な風鳴りと旋風が巻き起こり、ユグドラシルの大森林の上方へ向かって吹き上がる。

その風に煽られ、四つの果実が落ちてきた。

――椰子の実ほどの緑の果実が、大地に落ちてゴムのように弾む。

——椰子(やし)の実ほどの青の果実が、大地に落ちて一度だけバウンドして着地。

——椰子の実ほどの黄の果実が、ミシッと大地に激突。

——人間より巨大な赤の果実が、隕石(いんせき)のごとく大地に罅(ひび)を入れて墜落。

重量が違う。

それぞれの実が大地に落下した衝撃で、誰もが理解したことだろう。

特に最後の果実。

あの赤い実は、大きさも重さも明らかに異質なほど桁違いだ。

『この四つの果実がボールです』

響きわたる端子精霊(ミイプ)の宣言。

『ユグドラシルの森を舞台に、「神樹の実バスケットボール」の始まりです！』

VS『神樹の森の守人』
ゲーム内容『神樹の実バスケットボール』。
【勝利条件1】 50点先取により勝利。
【勝利条件2】 タイムアップ時は、点数の高いチームが勝利。
ただしタイムアップ時のみ得点計算で？？？？？が行われる。
【その他】 四つの果実を同時使用。

緑の実（1kg）。青の実（5kg）、黄の実（50kg）。
すべて得点が違う。
そして――
赤の果実は??????。

人類未体験の「神々」との遊戯が始まる――

あとがき

〝遊戯の神々に対する切り札は、遊戯への情熱以外にありえない〟


『神は遊戯に飢えている。』第4巻、ありがとうございます！

ゲームに夢中になるのは人も神さまも共通で――

この第3巻はとりわけ、人間だけでなく神さまたちまで大はしゃぎのエピソードだった気がします。そして無敗ちゃんに続き、迷宮編のゲームマスター創造主もなんと表紙に大抜擢ですね。智瀬といろ先生のキャラデザが最高で、個人的にもすごく好きです！

なお2巻の太陽神マアトマ2世とは兄妹神という裏設定がこっそり存在するのですが、本編でもいつか共演できないかなあ……と（笑）。


さてさて！

そんな『神は遊戯に飢えている。』ですが、嬉しいお知らせが二つあります！

まずはライトノベル情報誌『このライトノベルがすごい！２０２２』で、本シリーズが新作総合の第9位に選出です。一年間のライトノベル全新作でのＢｅｓｔ10ということで、本当に嬉しいです。温かい応援ありがとうございます！

そしてもう一つ……！

ＳＮＳ上で公式発表された通り、とっても大きなお知らせが！

『神は遊戯に飢えている。』、アニメ化企画進行中です！


本当に、本当にありがとうございます！

この物語は作画がついたらきっと映えるだろうと、夢見てました。

それがまずコミカライズ（作画：鳥海かぴこ先生）で叶い、さらにはアニメ化という形で実現することが最高に嬉しいです！

詳細はまた今後のお知らせになりますが、どうか楽しみにしていて下さいね！


最後に今後のお知らせを——

まずは『キミ戦13』が3月頃、こちらはアニメ続編が決定です！

続いて『神は遊戯に飢えている。5』も順次お知らせできるよう頑張れればと！

史上初となる神々チームとの大規模チーム戦、こうご期待です！

２０２１年の終わりに　細音　啓

Character　キャラクター紹介　1

NAME　パフー

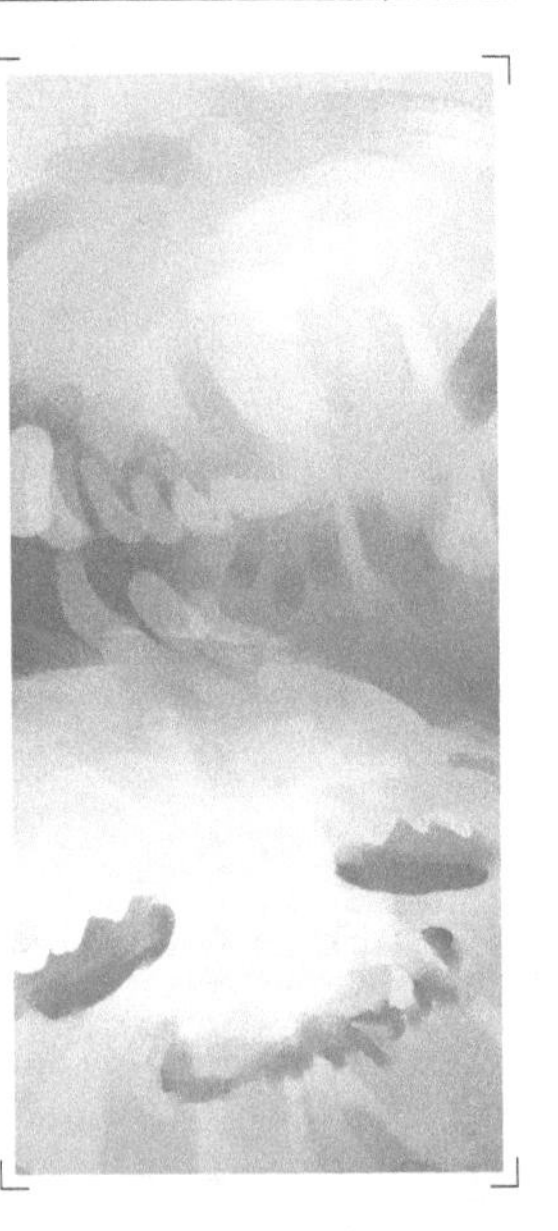

PROFILE

ふかふかの毛と「パフー！」という鳴き声が特徴的な、迷宮ルシェイメアのアイドルにして象徴的モンスター。

冥界神アヌビスもお気に入り。


小さく、とても臆病な性格。人間が近づくと怖がって攻撃を仕掛けてくるが、迷宮内では幾つかの手段でパフーたちが懐くこともある。

SPEC

種族数、脅威度、エンカウント率★5

迷宮内でもっとも個体数が多いモンスターである「パフー」は、その種族数も圧倒的No.1。

茶色の毛玉である通常パフーはまったくの無害だが、エリアボスであるゴールデンパフーとダークパフーに絶望を感じたプレイヤーは数知れない。

さらに特定の条件を達成することで、キングパフーのいる「パフーの隠れ郷」に行ける。

大きさ★5　人間の膝の高さくらい……？

ネル「服の下にパフーを2体入れると、ちょうどパールの胸ほどの膨らみに……」
パール「試さないでくださいね!?」

Character | 2
キャラクター紹介

NAME 冥界神アヌビス

PROFILE

迷宮ルシェイメアの創造主にしてラスボス役である神。


超広大な迷宮ゲームを造ったはいいものの、難易度調整がめちゃくちゃで攻略者が現れず、「もういい」とふて腐れて墓に入ってしまった困った神。

気分屋の側面はあるが、基本はとても大らかで人なつこい。

SPEC

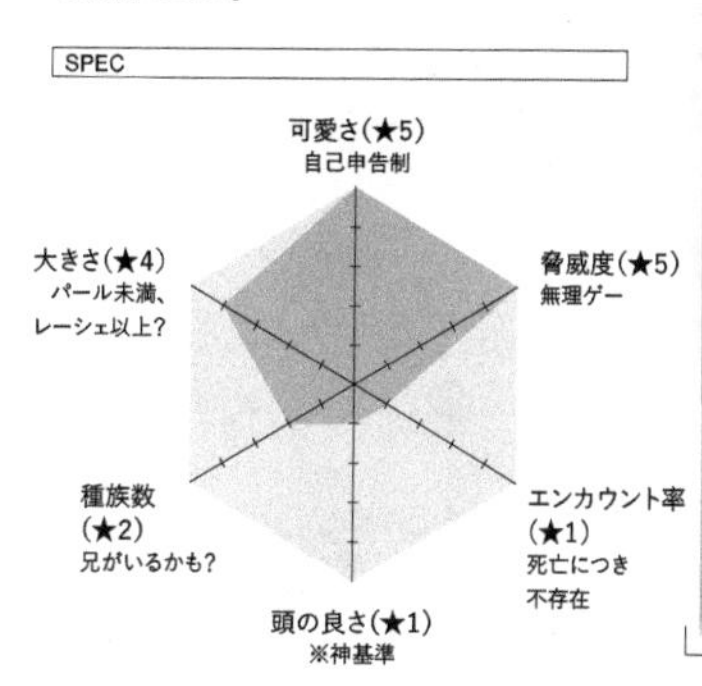

エンカウント率★1

死と再生を象徴する神。ゲーム開始時は「死亡につき不存在」という極悪バグ的所業により、特殊イベントで復活させるまでは出会うことさえできない。

なお、「太陽争奪リレー」で戦った太陽神マアトマ2世とは兄妹神。

そもそも広大な地下迷宮に引きこもった理由が「兄(マアトマ2世)と喧嘩したから家出した」という噂もあるが……撃破時、地下で座りこむアヌビスの頭上に太陽の光が降りそそいでいたのは、そんな兄からのメッセージかもしれない。

頭の良さ★1

本神いわく「寝起き(復活したて)で頭が回らなかったせい」らしいが……

神は遊戯(ゲーム)に飢えている。4

2022年 1月25日 初版発行
2023年 2月 5日 4版発行

著者 細音啓

発行者 山下直久

発行 株式会社KADOKAWA
〒102-8177 東京都千代田区富士見2-13-3
0570-002-301（ナビダイヤル）

印刷 株式会社KADOKAWA

製本 株式会社KADOKAWA

Printed in Japan ISBN 978-4-04-681098-4 C0193

●お問い合わせ
https://www.kadokawa.co.jp/（「お問い合わせ」へお進みください）
※内容によっては、お答えできない場合があります。
※サポートは日本国内のみとさせていただきます。
※Japanese text only

◆◇◇

【ファンレター、作品のご感想をお待ちしています】
〒102-0071 東京都千代田区富士見2-13-12
株式会社KADOKAWA MF文庫J編集部気付「細音啓先生」係 「智瀬といろ先生」係